GW00372859

LES 13 ÉNIGMES

GEORGES SIMENON

LES 13 ÉNIGMES

PRESSES POCKET

© *Georges Simenon, 1978.*

ISBN 2-266-00519-7

1

« G. 7 »

AVANT de parler des enquêtes auxquelles j'ai eu la chance d'assister en compagnie de celui que j'appelle — on verra plus loin pourquoi — l'inspecteur G. 7, il faut que je raconte la façon dont j'ai fait la connaissance de ce policier, et cet événement a constitué pour moi, durant de longues heures, une véritable énigme.

9 décembre 192...

J'étais par hasard à Montmartre vers deux heures du matin, et, dans un cabaret, j'avais lié conversation avec mon voisin de table, un étranger dont il me fut impossible de déterminer la nationalité, car tantôt je croyais reconnaître l'accent anglais et tantôt l'accent slave qui pourtant se ressemblent aussi peu que possible.

Nous sortîmes ensemble, avec au-dessus de nous un beau ciel d'hiver, glacé et limpide.

Et nous eûmes le même désir de parcourir à pied quelques centaines de mètres. Nous descendîmes la rue Notre-Dame-de-Lorette. Mais le froid était plus vif qu'il m'avait semblé tout d'abord. Je ne tardai pas à guetter les taxis qui passaient et dont aucun n'était libre.

Place Saint-Georges, une voiture rouge, de la série G. 7, s'arrêta à quelques mètres de nous et une jeune femme en sortit vivement, tout emmitouflée de fourrures. Elle tendit un billet au chauffeur et s'en alla sans attendre la monnaie.

« Prenez-le, dis-je, en désignant le taxi à mon compagnon.

— Du tout ! prenez-le, vous !

— J'habite à deux pas d'ici...

— Qu'importe ! Je vous en prie... »

Je cédai. Je lui tendis la main, bien que nous ne nous connussions que de fraîche date.

Il me présenta sa main gauche, car, de toute la soirée, sa main droite était restée enfouie dans la poche de son veston. Et l'instant d'après, j'étais sur le point de le rappeler.

Car je tombais brusquement en plein drame, en plein mystère. Dans la voiture où je m'étais engouffré, je heurtais quelque chose. J'avançai la main et je m'apercevais que c'était un corps humain.

Le chauffeur avait déjà refermé la portière ; l'auto était en marche.

Je n'eus pas la présence d'esprit de l'arrêter aussitôt. Quand cette idée me vint, il était trop tard. Nous suivions le faubourg Montmartre. Mon compagnon de nuit devait avoir disparu ainsi que la jeune femme.

Je ne pourrais décrire toutes mes impressions.

La fièvre de l'aventure me mettait des rougeurs aux pommettes, mais en même temps ma gorge était serrée d'une façon pénible.

L'homme près de moi avait glissé de la banquette. Il était inerte. Les lampes des cafés l'éclairaient maintenant et j'apercevais un visage jeune, des cheveux roux, un complet gris.

Il y avait du sang sur une main et, quand je touchai l'épaule de l'inconnu, ma propre main fut couverte de liquide rouge et chaud.

Ma lèvre tremblait. J'hésitais. Enfin, brusquement, je pris mon parti :

« Chez moi ! »

Peut-être, si je n'avais vu une femme jeune et probablement belle sortir de ce même taxi, eussé-je donné une autre adresse, celle d'un commissariat ou d'un hôpital.

Mais je sentais qu'il ne s'agissait pas d'une affaire banale. Je voulais qu'elle ne fût pas banale.

L'homme n'était pas mort. Je me demandais même s'il était évanoui tant il respirait avec force et tant son pouls était sensible.

« Mon vieux ! tu fais peut-être une jolie gaffe ! Dieu sait quels ennuis tu es en train de te mettre sur le dos !… »

Je pensais cela, mais je ne me résignais pas à abandonner mon affaire à la police et à n'être plus qu'un simple témoin.

« Bien entendu, c'est cette femme qui a tenté de l'assassiner !… »

On arrivait dans ma rue. Il y avait un café ouvert à cent mètres de l'immeuble.

« Voulez-vous aller me faire la monnaie de cent francs ? » dis-je au chauffeur, avec la peur atroce qu'il eût cette monnaie sur lui.

Il s'en alla. Je transportai le corps dans le couloir. Un quart d'heure plus tard l'inconnu était étendu sur mon propre lit et je

10

contemplais une petite blessure faite, selon toutes probabilités, à l'aide d'une sorte de stylet.

« Une arme de femme ?... Mais il ne revient pas à lui et il a besoin de soins... »

La blessure était peu profonde. Je comprenais mal l'évanouissement prolongé de l'homme et je le mettais sur le compte de la perte de sang.

Mais en avait-il perdu tant que cela ? Ses vêtements en étaient à peine tachés.

« Tant pis ! Il faut un médecin... »

Je sortis. Je courus chez un ami qui habite non loin de chez moi et qui est étudiant de dernière année. Je le tirai du lit.

Un peu plus tard, j'ouvrais ma porte. Je disais :

« Sur le lit... A gauche... »

Et j'écarquillais aussitôt les yeux.

Car mon blessé, mon prisonnier presque, — étant donné que j'avais fermé ma porte à clef en partant — avait disparu. Je fouillai l'appartement. Celui-ci était dans un désordre indescriptible. Tous les tiroirs béaient. Mes papiers, sur mon bureau, étaient bouleversés.

Une bouteille d'encre était même renversée sur un paquet de lettres.

Mon ami avait aux lèvres un sourire crispant.

« Tu avais beaucoup d'argent ici ? questionna-t-il.

— Que veux-tu dire ? »

J'étais furieux. J'étais vexé ! Je me sentais intensément ridicule et j'y ajoutai le ridicule de défendre mon inconnu.

« Ce n'est pas un voleur. Il n'a rien emporté.

— En es-tu sûr ?

— Parfaitement sûr ! Tu ne vas quand même pas prétendre que je ne sache pas ce que j'ai chez moi ? Eh bien, tout y est...

— Hum !

— Quoi hum !

— Rien ! Je puis aller me recoucher ? Auparavant, je voudrais seulement te demander un verre d'alcool. Il fait bougrement froid dehors, pour un homme qui sort du lit... »

Je tournais dans la chambre comme un ours en cage.

Et, puisque je raconte cette histoire, je veux aller jusqu'au bout des aveux. Mon ami à peine parti, je sortis à mon tour et je retournai place Saint-Georges.

Pourquoi ? Je n'en sais rien ! Ou plutôt

12

avec le vain espoir d'y retrouver la trace de la jeune femme.

C'était idiot. Je l'avais vue s'en aller à pas pressés. Elle n'avait pénétré dans aucune maison proche, mais elle s'était dirigée vers la rue Saint-Lazare.

Malgré tout, j'errai pendant près d'une heure dans le quartier, bouleversé au point que je me surpris à parler tout seul à voix haute.

Il était cinq heures du matin quand je me couchai dans le lit même où j'avais étendu mon blessé avec tant de soin.

A neuf heures, je fus réveillé par la concierge qui m'apportait le courrier.

Je me contentai de regarder les enveloppes, bien décidé à me rendormir. Mais j'aperçus une lettre qui ne portait aucun timbre.

Une formule officielle s'en échappa, une convocation m'enjoignant de me présenter à dix heures rue des Saussaies dans les locaux de la Sûreté Générale.

Il y avait le numéro du bureau auquel je devais m'adresser.

Je changeai au moins dix fois d'avis, décidant tantôt de dire la vérité, tantôt d'inventer une fable, tantôt de changer seulement certains détails.

Bien entendu, je m'étais conduit comme un enfant. Mais je ne voulais pas en convenir, même vis-à-vis de moi.

Les locaux mornes de la police m'impressionnèrent désagréablement, et un quart d'heure d'attente dans un corridor acheva de m'enlever mes moyens.

« Tant pis ! Après tout, je n'ai rien fait de mal ! »

Un porte finit par s'ouvrir. J'entrai dans un petit bureau qui recevait d'une fenêtre une lumière violente.

Dans cette lumière, un homme était debout, les deux mains dans les poches. Et je me souviendrai toujours de cette silhouette grande et large, bien découplée, mais sans excès, à laquelle un complet de confection enlevait seulement un peu de son prestige.

Un visage ouvert, piqueté de taches de son.

Des yeux clairs. Une bouche charnue.

Et un sourire joyeux, sans ironie.

« Je vous ai fait venir afin de vous présenter toutes mes excuses... »

Car c'était le blessé du taxi, l'homme qui s'était enfui de chez moi !

J'en restais stupide. Je le regardais des pieds à la tête. Je ne sais pourquoi je notais

14

tous ces détails, depuis les souliers noirs à tige jusqu'à la cravate de teinte unie et nouée sans coquetterie.

On sentait un garçon sûr de lui, en même temps qu'un homme assez préoccupé de choses sérieuses pour ne pas s'inquiéter de sa toilette.

« Je me présente. Inspecteur B... »

(Ici un nom connu, trop connu, que je ne puis écrire.)

Aucune trace de pansement. A peine le bras gauche un peu plus raide que le droit.

« Mais avancez donc... Prenez une chaise... Vous fumez ? »

Il me tendit un solide étui de nickel.

« Vous avez passé, à cause moi, une mauvaise nuit, et j'ai bien failli vous laisser dormir jusqu'à midi. Mais j'avais vraiment hâte de m'excuser... »

Il y avait une partie de la pièce située près de la porte, que je n'avais pas encore vue. J'eus l'impression qu'il y avait là quelqu'un qui me regardait et à qui l'inspecteur souriait plus encore qu'à moi.

Je fis un mouvement pour me retourner. Et au même instant le policier prononça :

« Tu peux avancer, Yvette... Je te présente... »

Je n'entendis pas la suite ! Je n'avais guère

vu la jeune femme de la nuit, mais il m'était impossible de ne pas la reconnaître. Au surplus elle portait les mêmes fourrures.

Elle souriait, elle aussi. J'étais gêné. Je ne savais où poser le regard.

« Ma sœur... », articula enfin l'inspecteur B... dont je devais devenir le compagnon presque inséparable et à qui je donnai par la suite, en souvenir de cette première rencontre, le sobriquet de « G. 7 » qui lui est resté.

*
* *

« Voilà des années que le bonhomme avec qui, hier, vous avez bu du champagne, commet impunément des méfaits de toutes sortes dans les capitales européennes...

« Rendez-vous compte de la difficulté d'arrêter un monsieur qui, d'un mouvement du petit doigt, peut se faire sauter en même temps que tout ce qui l'entoure !...

« Et imaginez que ce monsieur ne commet pas la folie de se promener en rase campagne...

« Il y a un mois que je suis sur ses talons. Et hier, j'avais décidé de le prendre par ruse... J'étais dans un taxi avec ma sœur, en face du cabaret... Ma blessure était prête, faite par moi-même, avec tout l'art possible, désinfection comprise… Vous voyez qu'il n'en reste à peu près rien.

« Place Saint-Georges, ma sœur est descendue et notre homme devait presque fatalement profiter de ce que la voiture était libre, du moins en apparence…

« Un homme blessé, sans connaissance, n'éveille pas la méfiance… Notre bandit eût bâti sur cette histoire le même roman que vous, et il ne m'eût pas fallu cinq minutes pour trouver l'occasion de lui arracher le détonateur qui se trouve dans la poche de son veston et qui lui permet de faire exploser la dynamite…

« Vous avez tout fait rater. Un instant, je vous ai pris pour un complice. J'ai fouillé vos tiroirs… Vous m'excuserez ? »

Il vit que j'étais désarmé et il conclut :

« Si j'ai perdu un ennemi, j'espère que du moins j'ai gagné un camarade… peut-être un ami… »

2

LE NAUFRAGE DU « CATHERINE »

J'AVOUE que jusqu'au bout, ou presque, mon impression fut que G. 7 n'avait rien à faire là et même que sa présence était quelque peu déplacée. Ce qui prouve que, si peu impressionnables que nous nous croyions, nous sommes toujours prêts à nous laisser prendre au prestige des compétences.

Or, je n'ai jamais vu autant de compétences réunies que dans cette affaire qui, sous l'ancienne législation d'ailleurs, eût été du ressort exclusif des autorités maritimes.

Depuis deux mois, Boulogne était en effervescence et ils étaient une poignée d'hommes, les rescapés du *Catherine,* à ne plus pouvoir faire un pas dans la rue, pénétrer dans un estaminet, sans être assaillis de questions, lesquelles étaient souvent le point de départ de disputes, voire de rixes.

Georges Fallut, le commandant du *Catherine,* avait-il, oui ou non, *naufragé* volontairement son chalutier ?

Avait-il, oui ou non, tué son opérateur de T.S.F. Germain Dambois ?

L'avait-il tout au moins empêché de sortir de son poste, installé sur le pont, devant la cheminée ?

Avait-il reçu des ordres en conséquence de son armateur, Désiré Van Mecholen ?

L'affaire ressortissait à la fois du Civil et du Pénal, car la compagnie d'assurances refusait de payer.

Une foule d'experts étaient commis et G. 7 ne pouvait que manquer de prestige parmi ces officiers de marine, ces capitaines au long cours ou au cabotage, architectes navals, armateurs, constructeurs de navires et ingénieurs mécaniciens.

Au surplus, en quittant Paris, il n'avait pas fait de difficultés pour m'avouer que toutes ses connaissances en matière de navigation se bornaient à la périssoire et au canoë.

J'en savais beaucoup plus que lui et, dans le train qui nous conduisait à Boulogne, alors que nous n'avions qu'une idée assez sommaire de l'affaire, je lui fis avec complaisance un petit cours sur les chalutiers à vapeur qui, à l'instar du *Catherine*, s'en vont pêcher la morue et le flétan dans les parages de l'Islande.

Je lui dis que ces bateaux comportent le plus souvent de vingt-cinq à quarante hommes d'équipage, un capitaine — qui n'est presque jamais capitaine au long cours et qui ne possède que son brevet de cabotage —, un second, un maître d'équipage, un opérateur de T.S.F., un officier mécanicien et les quelques spécialistes indispensables.

Je lui expliquai aussi, ce qui était essentiel en l'occurrence, la façon de se diriger en pleine mer.

A bord des chalutiers, en effet, on fait rarement le point à l'aide du sextant, que bien des patrons-pêcheurs seraient incapables de manier correctement.

On se sert surtout du compas et de la sonde — celle-ci déterminant les fonds, qu'il suffit de reporter ensuite sur la carte.

Enfin, de jour en jour, ou bien en cas de nécessité, l'opérateur de T.S.F. demande sa position par sans-fil.

G. 7 m'écouta sans mot dire. Quand j'eus terminé, il me posa une seule question :

« A quel milieu appartiennent les opérateurs ?

— Ce sont pour la plupart des jeunes gens des villes. Rarement des marins. Ils s'entendent d'ailleurs assez mal avec ces derniers, surtout avec les officiers, car il y a des questions de préséance mal définies qui sont des causes de frottements... »

Nous restâmes trois jours à Boulogne où l'instruction était loin d'être terminée et où Georges Fallut était en liberté provisoire.

* *

Il y avait deux mois que le chalutier s'était échoué sur les rochers de l'île Fair, qui se dresse entre les Shetland et l'Ecosse.

Quelques jours plus tard, l'équipage avait été rapatrié, hormis l'opérateur, qui avait disparu lors du naufrage.

Pendant près de deux semaines, on n'avait parlé de rien. Puis le bruit avait couru que la compagnie d'assurances faisait des difficultés.

D'autres bruits s'étaient mis à circuler dans les estaminets du port, et enfin l'accusation avait pris corps.

Accusation plus fréquente qu'on le croit, et souvent fondée, malheureusement.

22

On prétendait que le capitaine, d'accord en cela avec son armateur, avait échoué volontairement le bateau.

Celui-ci était vieux et tellement rongé par la rouille que l'équipage avait été difficile à constituer pour la campagne de pêche.

Cette campagne, au surplus, avait été désastreuse. Elle se soldait par une perte sèche de plus de deux cent mille francs.

Rien que sur ces points, il y avait des pages et des pages de rapports d'experts, avec documents annexes, plans, devis, rôles d'équipage, etc., etc.

Un autre point qui était établi, c'est que le *Catherine* était assuré pour une somme qui rendait son naufrage singulièrement profitable à l'armateur.

Restait à prouver la matérialité du fait, et ici les experts étaient des capitaines, des télégraphistes et des patrons-pêcheurs.

Le *Catherine* s'était perdu par forte brume, alors qu'il avait le cap sur la mer du Nord et qu'il devait par conséquent passer entre l'île Fair et les Orcades, ou bien entre l'île Fair et les Shetland.

De part et d'autre le passage est relativement facile et les cartes accusent presque partout des fonds de cent mètres environ.

A toutes les questions, le capitaine Fallut répondait :

« La dernière fois que j'ai fait sonder, nous étions sur le *Papa Bank,* et dès lors j'ai fait la route au compas. Le cap était bon. Nous devions passer à dix degrés au sud de l'île Fair… Je n'ai pas coulé volontairement mon bateau… Je n'y comprends rien ! »

De l'avis de tous, ce système de défense ne tenait pas debout. Car, si l'on demandait ensuite à Fallut si son compas avait été vérifié, il se contentait de déclarer que, jusque-là, il avait été d'une grande précision.

Mais l'interrogatoire des matelots avait révélé un fait autrement troublant.

On sait qu'en cas de « sauve-qui-peut », les deux hommes qui sont les derniers à rester à bord sont le capitaine et le télégraphiste.

Quand le *Catherine* s'était déchiré sur une roche, à moins d'un demi-mille de la pointe sud de l'île Fair, ordre avait été donné de mettre les embarcations à la mer.

Le chalutier coulait rapidement. L'ordre avait été exécuté. L'opérateur, dans sa cabine, devait être occupé à lancer les S.O.S. réglementaires.

Quant au capitaine, il était debout à

quelques mètres de cette cabine. Il surveillait la manœuvre.

Le péril grandissait de minute en minute, et même de seconde en seconde.

Bientôt les hommes de la dernière chaloupe, celle qui attendait le capitaine et l'opérateur, s'étonnèrent de ne pas voir arriver ceux-ci.

Ils craignaient le plongeon final dans lequel ils risquaient de périr, eux aussi.

Enfin, le capitaine descendit seul dans l'embarcation, les traits tirés, et commanda :

« Larguez... »

Il y eut de l'ahurissement. Mais Fallut répéta son commandement. Le danger était de plus en plus grand. On obéit.

Quand on fut à quelques mètres, on put voir le pont du *Catherine,* et tous les hommes affirmèrent par la suite qu'il n'y avait pas trace de l'opérateur. La cabine de celui-ci était fermée !

Et le chalutier sombrait quelques instants plus tard.

« Avez-vous reçu l'ordre de couler le *Catherine* ? Avez-vous exécuté cet ordre ? Avez-vous tenté d'empêcher le télégraphiste de vous dénoncer, d'affirmer par la suite qu'il vous avait signalé, par exemple, que vous faisiez fausse route ?

— Je n'ai pas reçu d'ordre ! Je n'en ai pas exécuté ! Je n'ai pas coulé mon bateau !

— Pourtant le télégraphiste...

— Je ne sais rien ! »

On produisait des certificats, tout à l'honneur de Fallut, qui avait vingt-cinq ans de service et qui avait la réputation d'un homme intègre.

Désiré Van Mecholen, interrogé, répondait de même :

« Je ne sais rien, sinon que mon bateau est perdu et que la compagnie d'assurances refuse de payer ce qu'elle me doit. Je n'ai pas donné d'ordre à Fallut... Je suis ruiné ! »

Enfin, le second, un Breton d'une trentaine d'années, Kerguelec, ne savait rien non plus ! Personne ne savait quoi que ce fût, dans cette affaire !

Le second n'avait même pas assisté au débarquement du capitaine, car il commandait la première chaloupe, qui s'était éloignée dès sa mise à flot.

Et il n'était pas de quart lors de l'échouage.

« Le compas était bon ! » se contenta-t-il d'affirmer.

Ce n'était rien, mais c'était grave. Car

enfin, si le compas était bon, si on avait reconnu la position sur le *Papa Bank* et s'il n'y avait qu'un vent moyen, comment diable avait-on pu se tromper de route au point de donner en plein sur l'île Fair ?

Imagine-t-on les discussions, parmi tous les marins du port ? L'armateur avait mauvaise presse bien avant cette affaire. C'était un petit armateur, qui n'avait jamais eu qu'un bateau à la fois.

Et toujours il s'agissait de vieux sabots, auxquels il ne tardait pas à arriver malheur.

Quant au télégraphiste, on le connaissait à peine. Il avait vingt-deux ans. Il était de Rouen. Il n'en était qu'à sa seconde campagne et les pêcheurs ne l'aimaient guère, car il vivait enfermé dans sa cabine qui était pleine de romans.

Je me souviens de quelques questions de G. 7 :

« Les patrons-pêcheurs, comme Fallut, restent-ils parfois longtemps sans engagement ?

— Cela arrive. Il y a toujours des bateaux en cale sèche qui ratent la campagne.

— Quand il est parti, depuis combien de temps était-il à terre ?

— Trois mois. Le quatre-mâts qu'il commandait auparavant était en démolition. »

Pour traduire exactement mon impression, je suis obligé de me servir d'un mot étrange. L'intervention du policier dans cette affaire me semblait presque indécente.

Il faut avoir vu le port en effervescence ! Et il faut entendre les gens de la mer parler d'un événement de ce genre.

Les choses de l'Océan ont quelque chose de grave, de solennel, d'un peu à part, qui les grandit aux yeux des terriens.

Au surplus, imagine-t-on l'émotion soulevée par le geste d'un mécanicien écrasant volontairement son train contre un mur ?

J'ai dit en commençant que nous sommes restés trois jours à Boulogne. Au bout de ce laps de temps, j'étais éreinté par toutes mes allées et venues. J'avais la tête douloureuse à force d'avoir écouté des propos contradictoires.

Mais j'allais oublier une dernière question, posée par G. 7 à l'armateur :

« Communiquiez-vous journellement par T.S.F. avec le bateau ?

— Pas journellement ! Mais chaque fois que c'était nécessaire.

— Fallut était-il capable de manœuvrer l'appareil ?

— Non ! Au surplus, un opérateur est maître dans sa cabine. Nul n'a le droit d'y entrer sans sa permission. »

C'est tout. Je crois n'avoir rien omis. Le soir du troisième jour, G. 7 me déclara avec calme :

« Nous n'avons plus rien à faire ici... Pour le reste, qu'*ils se débrouillent !* »

Je questionnai :

« *Ils* au pluriel ou *il* au singulier ? »

« Au pluriel et au singulier ! » grogna-t-il avec mauvaise humeur.

**

« Il n'y a qu'une chose certaine, n'est-ce pas ?

— Laquelle ?

— C'est que Fallut a tué son télégraphiste ! D'une façon ou d'une autre ! D'une balle, d'un coup de couteau ou plus probablement en l'enfermant dans sa cabine... Les témoignages sont formels... Au surplus, il n'y a pas d'autre explication possible à l'absence de Germain Dambois lors du sauvetage... Fallut ne nie même pas !... Il n'avoue pas, non plus, mais il ne nie pas...

« Or, en agissant de la sorte, il se préparait les pires ennuis imaginables. Il courait en quelque sorte vers le châtiment, et vers un châtiment exemplaire.

« C'était bel et bien *une folie !* Et un homme calme, un marin, un être de sang-froid comme Fallut ne commet une folie que dans un moment de rage, ou d'imagination.

« Comprenez-vous, maintenant ? Il prend le commandement du *Catherine*. L'armateur lui parle à mi-mots du naufrage désirable. Il y a trois mois que le capitaine est à terre et il a besoin de gagner sa vie.

« Il part quand même. Il sait que *rien ne pourra le forcer à couler son bateau.*

« Au retour, il est pris dans la brume. Dès cet instant, il est à la merci de son opérateur de T.S.F. qui lui donne la position.

« Fallut ne se méfie pas. La catastrophe se produit. Il comprend. On a fait de lui un naufrageur malgré lui. Et il ne peut rien dire, car, au départ, *il a en quelque sorte accepté l'ordre de l'armateur !*

« On l'a déshonoré ! On l'a trompé ! Et c'est lui, lui seul qui est responsable ! Vous connaissez bien les lois maritimes !

« N'est-ce pas suffisant pour expliquer la rage dont je parlais tout à l'heure ?

« Et cela n'explique-t-il pas aussi son mutisme actuel ?

30

— Vous avez donné votre opinion au juge ? » questionnai-je.

Il haussa les épaules. Et il laissa tomber :

« Laissons les gens de mer se débrouiller entre eux ! »

Je ne sais pas s'il prévoyait l'épilogue que nous apprîmes un mois plus tard. Mais je ne suis pas loin de le croire. En plein tribunal, Georges Fallut tua Van Mecholen d'une balle en plein front et se suicida ensuite.

3

L'ESPRIT DEMENAGEUR

CE fut une nuit parfaitement stupide, et j'avoue que pendant les dernières heures de la veille, les plus pénibles, celles qui précèdent le lever du jour, j'en voulus à G. 7 de m'avoir fait parcourir près de trois cents kilomètres pour attendre à ses côtés, dans l'obscurité d'une chambre close, l'esprit déménageur.

Nous étions arrivés la veille au soir dans ce petit village du Nivernais. Le maître de maison, Edgar Martineau, nous avait fait chercher à la gare en voiture. Il nous attendait sur le perron de sa maison, que les gens du pays appellent le château.

Une vieille maison à deux ailes, de style vaguement Louis quatorzième, dont les murs et le toit ne sont plus rigoureusement d'équerre.

Elle a néanmoins assez d'allure, et une tourelle excuse le terme pompeux de château, en même temps que le parc qui, lui, est de toute beauté.

Des paysans étaient groupés sur la route pour nous regarder passer, et cela ne m'étonnerait pas d'apprendre que certaines bonnes âmes s'attendaient à nous voir tomber sous les coups de l'esprit déménageur.

Car on savait que G. 7 arrivait de Paris tout exprès pour mettre la main sur l'esprit qui, depuis un an, faisait le fond de toutes les conversations du pays.

Lorsqu'il s'était manifesté pour la première fois, le château était la propriété d'une vieille rentière, Mme Dupuis-Morel, veuve d'un officier de cavalerie, qui avait poussé de hauts cris en trouvant un matin le plus lourd de ses bahuts au beau milieu de la pièce dont il occupait la veille un angle.

Mme Dupuis-Morel ne détestait pas faire tourner les tables. On commença par se moquer d'elle.

Mais le bahut prit l'habitude, aussitôt remis dans son coin, de changer de place, tant et si bien qu'il fallut convenir qu'il y avait là quelque chose d'anormal.

Ce bahut était immense, d'un poids considérable. C'était un de ces meubles antiques comme on n'en fait plus, pour la bonne raison qu'ils n'entreraient pas dans les appartements modernes.

Mme Dupuis-Morel n'employait qu'une servante aussi vieille qu'elle et un jardinier de soixante-douze ans. Il n'y avait personne d'autre au château.

Or, tout le village défila peu à peu et put se convaincre que le bahut se refusait à garder la place qui lui était assignée.

Martineau fut le seul à se moquer de ces racontars. Il se brouilla par ce fait avec sa vieille amie Dupuis-Morel. Mais celle-ci lui pardonna quand, après avoir cherché en vain à vendre le château hanté, elle vit Martineau se présenter comme acquéreur.

Bien entendu, il eut le domaine pour un prix dérisoire : à peine la moitié de sa valeur.

Il annonça, à tous ceux qui voulaient l'entendre, que l'esprit déménageur ne se risquerait pas à opérer tant qu'il vivrait au château.

Mais quelques jours plus tard, on le voyait changer d'attitude. Il se montrait inquiet. On chuchota que l'esprit déménageait toujours le bahut et que Martineau ne tarderait pas à mettre le domaine en vente à son tour.

Tels étaient les faits. De loin, cela paraît

idiot. Mais quand on est dans le pays, quand on ne voit que visages anxieux, brouillés par le sentiment du mystère, quand on entend les gens ne parler qu'à voix basse, on comprend que le maire ait demandé l'aide d'un inspecteur de Paris pour mettre fin à pareil état de choses.

L'inspecteur, c'était G. 7, qui eut la gentillesse de m'emmener, gentillesse dont je ne lui sus aucun gré après quelques heures de veille dans la chambre au bahut.

Car c'est dans cette pièce même, qui sert de lingerie, que nous passions la nuit, installés dans des fauteuils, une bouteille de *blanc fumé* et des sandwiches au jambon à portée de la main.

Le bahut était à sa place, contre le mur de gauche, et de temps en temps nous scrutions l'obscurité pour nous assurer qu'il n'avait pas bougé.

Nous étions dans la tradition jusqu'au bout : nous n'avions pas fait de lumière, nous ne parlions pas et même nous évitions de fumer, par crainte d'effrayer l'esprit déménageur.

C'est G. 7 qui avait voulu qu'il en fût ainsi, ce qui m'avait quelque peu étonné de sa part.

A vrai dire, depuis que nous étions dans la

maison, il avait l'air de couper dans cette histoire de fantôme. En tout cas, il n'en avait pas ri, pas même souri.

C'était d'autant plus bizarre que le propriétaire lui-même, avec sa bonne tête de Gaulois, n'avait rien d'un adepte du spiritisme, ni d'un froussard.

Et pourtant, lui aussi avait fini par se laisser impressionner. Dans la soirée, il nous avait expliqué le manège de l'esprit.

La place du bahut était contre le mur. Il avait quatre pieds qui étaient posés, comme on le fait souvent dans les maisons bourgeoises, sur des supports de verre épais.

Sur l'invitation de G. 7, je tentai de soulever le meuble ou seulement de le faire bouger de quelques centimètres, mais ce fut peine perdue. C'est tout juste si je parvenais à soulever un pied à la fois, et seulement de cinq à six millimètres.

Ce n'était pas un bahut : c'était un monument. Et il était d'autant plus lourd que Martineau y avait enfermé quantité de vieux bouquins, comme l'histoire de la Révolution française et l'œuvre complète de Michelet.

« Vous verrez qu'au matin vous le retrouverez au milieu de la chambre ! A cette place, tenez !... Demain, nous le remettrons où il est. Pour cela, il faudra trois hommes...

Et douze heures plus tard il aura déménagé à nouveau... »

J'étais incrédule. G. 7, lui, était sérieux comme un augure. Et il accepta avec empressement de passer la nuit dans la pièce, comme Martineau le proposait.

Je ne sais pas s'il s'endormit. Moi, je m'assoupis plus d'une fois, et la dernière fois que j'ouvris les yeux, l'aube commençait à éclairer la chambre où le vieux bahut était toujours à sa place.

Je regardai l'inspecteur avec ironie.

« Il n'a pas bougé ! dis-je.

— Il n'a pas bougé, en effet. Cela vous dit-il quelque chose d'aller fumer une cigarette dehors ? »

J'acceptai avec empressement de le suivre. Mais, dans le jardin, je fus désagréablement surpris par l'humidité froide du matin. Moins de cinq minutes plus tard, je proposai de rentrer.

Cinq minutes ! Quand nous rentrâmes dans la chambre, le bahut était au beau milieu de celle-ci, tandis que les quatre supports de verre étaient restés à leurs places respectives.

***

Jusqu'alors, j'avais établi une certaine corrélation entre la passion de G. 7 pour le jeu d'échecs et ses aptitudes policières. Mais je commence à croire que je me suis trompé.

En effet, je suis beaucoup plus fort que lui devant les cases blanches et noires.

Et je suis pour ma part un assez piètre policier. Plein de bonne volonté, pourtant ! C'est ainsi que, tandis qu'il finissait sa bouteille de vin blanc, je notai une foule de détails.

Par exemple, que le plafond était traversé de trente en trente centimètres par des poutres de chêne apparentes, dans le style anglais.

Au milieu de deux de ces poutres, il y avait de forts crochets qui avaient dû supporter des suspensions.

Je notai encore qu'un des angles de la chambre était plus aigu que les autres, mais tous les angles de la maison, en somme, étaient plutôt irréguliers.

Enfin le plancher était magnifique, ciré avec soin, Je cherchai des rayures, mais en vain. Une fois de plus je tentai de remuer le bahut. J'y mis une certaine rage. Quelques instants plus tard, j'étais en nage, et c'est tout juste si le meuble avait bougé de quelques millimètres.

Une idée me passa par la tête. J'ouvris le bahut. Je m'attendais à le trouver vide de ses livres ou à voir ceux-ci empilés à la hâte.

Car le soi-disant esprit n'avait eu que cinq minutes pour le transporter. Il n'avait pas eu le temps de retirer les bouquins et de les ranger ensuite avec soin. G. 7 souriait. Cela m'énerva :

« Savez-vous seulement quelles sont actuellement les personnes qui couchent dans la maison ? questionnai-je sur un ton agressif.

— Peu importe ! répondit-il.

— Comment, peu importe ? Vous n'allez pas prétendre que c'est un esprit déménageur qui...

— Vous vous considérez comme un homme de force moyenne, je suppose ? Et même un homme de force assez supérieure... Vous faites du sport...

— N'empêche qu'il peut exister un colosse qui...

— Cela se saurait ! Surtout si le colosse en question avait déjà vécu ici du temps de Mme Dupuis-Morel... Car n'oubliez pas que l'esprit se manifestait dès cette époque... C'est même là le point le plus important... Laissez-moi vous poser une question à mon tour… Si vous deviez pénétrer dans cette pièce par escalade, comment feriez-vous ? »

Je rougis. Je dus avouer que je n'avais pas examiné les lieux sous ce rapport. J'allai vers la fenêtre.

« C'est facile ! remarquai-je. Un enfant le ferait ! Nous sommes au premier étage, mais il y a un poirier en espalier qui semble pousser là tout exprès… C'est une véritable échelle… Seulement, selon vos propres paroles, cela ne nous avance pas…

— Vous croyez ?

— Mais, sacrebleu, vous venez de dire vous-même qu'un homme n'est pas capable de remuer ce bahut !… A moins de penser qu'ils viennent à deux ou trois. »

Je m'interrompis. Je triomphais.

« D'ailleurs, vous oubliez qu'il y a un instant nous étions dehors, et justement de ce côté de la maison… »

Il souriait toujours. J'avais déjà dû m'habituer aux manières de Joseph Leborgne, qui était un autre phénomène, dans son genre. Mais G. 7 était plus déroutant encore.

En l'occurrence, j'étais prêt à me fâcher, d'autant plus que je n'avais pas dormi, ni déjeuné. Mais Martineau entra, en robe de chambre, les cheveux encore en désordre.

Il s'arrêta net à la vue du bahut.

« Alors… vous l'avez vu ?… balbutia-t-il.

— Comme vous dites ! répliqua tranquillement G. 7.

— Et… et vous ne l'avez pas arrêté ?… Vous n'avez pas… pas tiré… dessus ?

— Même pas ! »

Le bonhomme tournait et retournait autour de son meuble, le palpait, puis regardait mon compagnon avec une visible angoisse.

« Même en votre présence !… articulat-il. Ce n'est pas un de mes domestiques, au moins ?

— Je ne pense pas. Comment sont faits vos domestiques ?

— Il y a d'abord la cuisinière, Eugénie, une grosse commère de quarante ans…

— Passons…

— Puis il y a son gamin, qui a quinze ans et qui soigne les chevaux…

— Passons…

— Enfin le valet, un grand garçon un peu simple…

— Ensuite ?

— C'est tout, fit piteusement Martineau.

— Dans ce cas, allez achever votre toilette. Car je parie que vous êtes venu ici avant même de vous laver…

— Mais l'esprit ?... Qu'en pensez-vous ?

— Qui couche dans cette bicoque, au fond du parc ?...

— Quelle bicoque ? »

G. 7 attira Martineau vers la fenêtre.

**

Je n'avais pas entendu parler de la bicoque en question. Martineau semblait aussi surpris que moi.

Mais je compris bientôt que G. 7 avait voulu seulement s'emparer de la main de notre hôte sans lui donner l'éveil.

Il se mit à renifler les doigts du propriétaire, qui était devenu pâle.

« De la cire, hein, dit-il. Je sentais cela ! Pas de l'encaustique ! De la cire ! Rien de tel, sauf pourtant le savon noir, pour faire glisser un objet en bois sur une surface de même matière. Sans compter que cela évite les rayures et que les traces, sur un plancher déjà ciré, s'effacent d'un seul coup de chiffon... »

L'autre était écrasé par cette conclusion foudroyante de l'enquête.

« Il a bien fallu que je continue ! finit-il par murmurer piteusement.

— Bien entendu ! Sinon on vous aurait

accusé, du moment que c'était à vous que le manège de l'esprit déménageur avait profité. »

Martineau fit un signe affirmatif. Puis il gémit :

« La première fois, ce n'était pas moi...

— Je m'en suis douté tout de suite. Et je m'en suis assuré en versant une goutte de vin sur le plancher, près du bahut. Le vin a aussitôt coulé vers le centre de la chambre où il s'est arrêté. Autrement dit, il y a une pente, très faible, mais suffisante pour permettre, surtout avec l'aide d'un corps gras, de déplacer le bahut sans trop d'effort... Il suffisait de lui enduire de temps en temps les pattes de cire, de décaler les supports de verre les uns après les autres, de pousser à peine...

— Est-ce que vous croyez que j'irai en prison ? En somme, je n'ai pas volé. Et un autre eût pu acheter la maison au même prix... »

G. 7 ne parut pas entendre. Il poursuivit son idée. D'ailleurs, que lui importaient à lui les conséquences judiciaires de ses découvertes ? Il n'était pas un justicier. On lui donnait une énigme à résoudre, un point, c'est tout !

« Voyez-vous, c'est vous-même qui

m'avez donné la solution. Comme quoi il est dangereux de trop parler. Vous m'avez dit que le bahut s'arrêtait *toujours* à la même place... »

Il me regarda avec une ironie affectueuse pour conclure :

« Et dès lors un enfant eût trouvé ! »

4

L'HOMME TATOUÉ

J'AVAIS beau me dire que nous n'étions là que pour la recherche de la vérité. pour la défense de la justice et dans l'intérêt même des acteurs du drame, j'étais mal à l'aise, au début, collé contre G. 7, retenant comme lui mon souffle et plongeant le regard à travers le judas.

Un judas qui méritait particulièrement son nom. De la cellule, on ne pouvait rien soupçonner, rien voir qu'un miroir qui avait l'air du plus banal des miroirs.

En réalité, c'était une glace sans tain, derrière laquelle se trouvait, non le mur, mais un cabinet noir.

Nous nous trouvions dans celui-ci. Nous étions invisibles, alors que de l'autre côté de la glace les gens nous apparaissaient en pleine lumière.

L'*Homme* était assis, selon son habitude, au bord de sa couchette. Il avait le menton sur les mains et, comme d'habitude aussi, quelque chose d'inquiétant, d'indéfinissable dans l'expression du visage, quelque chose qui suffisait pour que les avis à son sujet fussent si partagés.

« Un fou! disaient les aliénistes.

— Un simulateur! affirmaient des savants non moins célèbres.

— Un dégénéré!

— Un vulgaire rôdeur de barrières...

— Un gentilhomme qui défend son nom... »

N'allait-on pas jusqu'à dire :

« Un sourd-muet, ni plus ni moins! »

Il ne bougeait pas. Il ne regardait pas celle que nous venions, G. 7 et moi, d'introduire dans sa cellule.

Elle était restée debout près de la porte. Elle ne se doutait pas de notre présence.

Nous pouvions voir ses narines frémir, ses doigts s'agiter sur le fermoir de son sac à main.

Allait-elle parler, s'avancer vers l'*Homme,* esquisser peut-être un geste révélateur?

Cet homme, hallucinant à force d'être

48

énigmatique, était-il son mari ? N'était-il qu'un filou original ?

Quelques minutes plus tôt, dans le parloir de cette maison de santé un peu spéciale qui se dresse au milieu du bois de Vincennes et où l'on soigne plus particulièrement les *énervés* de marque, elle nous disait d'une voix morne :

« Je ne sais pas ! Je ne sais plus rien ! Parfois il me semble que c'est lui ! Puis, à d'autres moments, je jurerais le contraire.

— Votre mari portait-il un tatouage à l'avant-bras droit ?

— Je... non !... ou plutôt... je ne l'ai jamais remarqué !...

— Avait-il un caractère étrange ?

— Il était nerveux, c'est certain... Il changeait souvent d'humeur... Parfois il était en proie à des tristesses inexplicables...

— Vous n'avez jamais remarqué son absence, la nuit ?

— Jamais...

— Et pourtant votre chambre est voisine de la sienne...

— Je n'ai pas le sommeil très léger... »

Maintenant elle était en tête-à-tête avec lui. Elle n'osait pas lever les yeux. Elle fixait le sol avec obstination.

Elle s'était vêtue toute de noir, pour la

circonstance. Elle était pâle, d'une distinction remarquable. Elle n'avait pas trente ans.

Le silence, l'immobilité que gardaient les deux personnages m'étaient insupportables.

« Il faudra bien qu'ils disent, qu'ils fassent quelque chose !... » pensai-je.

Et ils ne bougeaient pas ! Ils ne se regardaient pas ! Chacun devait pourtant percevoir distinctement la respiration de l'autre !

La cellule était blanche et claire. Ce n'était pas tout à fait une cellule de prison. Pas tout à fait non plus le cabanon.

On avait hésité à interner momentanément l'*Homme* dans cet établissement de première classe, car, en somme, rien ne prouvait qu'il ne fût pas un simple voyou.

Mais s'il était le comte de Saint-Bonnet !

On était parvenu à cacher l'affaire au public. Les journaux n'en avaient pas dit un mot. Nous étions seulement une trentaine — parmi lesquels j'étais le seul amateur — à nous pencher sur ce mystère.

Une nuit, une ronde de police passant avenue Hoche avait surpris un homme occupé à grimper le long d'une gouttière. L'homme avait été appréhendé, conduit au commissariat.

50

Il n'avait pas prononcé une syllabe en réponse aux questions posées.

Il était vêtu d'une façon vulgaire. Un costume usagé. De mauvaises chaussures. Une casquette. Sous sa veste, un tricot de cycliste.

Le lendemain matin, le commissaire de police du quartier avait cru de son devoir d'avertir les propriétaires de l'hôtel que le rôdeur avait tenté de cambrioler.

Or, on avait trouvé dans cet hôtel la comtesse de Saint-Bonnet, très surexcitée par la disparition de son mari. Il s'était couché comme d'habitude vers onzes heures du soir. Sa femme n'avait entendu aucun bruit.

Elle avait trente ans ; son mari vingt-huit. Ils n'étaient mariés que depuis quatre ans, et c'était une union parfaite, les époux appartenant au même monde, jouissant d'une fortune à peu près égale et d'une excellente santé.

C'est par le plus grand des hasards que le commissaire pensa à amener le vagabond avenue Hoche dans l'espoir de le faire parler. Et alors avait eu lieu l'extraordinaire découverte.

L'*Homme*, qui se taisait toujours, ressemblait à tel point à Saint-Bonnet que la comtesse, tantôt affirmait que c'était lui, tantôt doutait, niait, revenait sur ses déclarations, en proie au désarroi qu'on imagine.

Même attitude de la part du valet de chambre du comte, le seul domestique mis au courant de la situation.

Même attitude enfin de la part d'Yves de Saint-Bonnet, le frère aîné du disparu.

« C'est lui... Et ce n'est pas lui !... »

Le détail le plus troublant consistait dans le tatouage que l'*Homme* portait à l'avant-bras droit et qui représentait un cœur percé d'une flèche, surmonté de deux haches en croix.

« Je n'avais jamais remarqué que monsieur le comte eût une pareille image sur le bras... dit le valet de chambre.

— Vous l'avez pourtant aidé souvent à se déshabiller...

— Oui...

— Et vous avez vu son bras nu...

— Je ne sais pas... Je n'ai pas fait attention... »

Que faire de celui qu'on appelait faute d'une autre désignation possible, l'*Homme*, ou bien l'*Homme tatoué* ?

Du Dépôt, on avait pensé le transférer à Fresnes. Mais si c'était le comte de Saint-

Bonnet, cela ne constituerait-il pas une gaffe de dimension ?

On avait fini par l'enfermer provisoirement dans cette « Maison de repos » de Vincennes.

On l'avait examiné sur toutes les coutures. Les aliénistes les plus célèbres s'étaient occupés de son cas.

Ils n'étaient pas d'accord.

Et l'homme ne parlait toujours pas ! Pas un mot de réponse aux questions qui lui étaient posées.

On avait tout essayé. Des interprètes lui avaient traduit en une douzaine de langues les questions des enquêteurs. Un professeur de l'école des sourds-muets avait même été mandé.

— Rien ! Pas plus de succès qu'avec l'intimidation, qui fut pratiquée discrètement. Un passage à tabac modéré... Puis la douche écossaise : deux jours sans nourriture, suivis d'un repas magnifique, retiré au bon moment. Puis encore la faim. Puis un ignoble saucisson à l'ail.

L'homme ne protestait pas, mangeait si on lui donnait à manger, jeûnait dans le cas contraire.

On lui dressa une table comme pour un grand dîner et on l'observa. Il se servit sans hésitation et correctement de la pince à escargots, du rince-doigts.

Mais, le lendemain, à l'aide d'un gros canif, il tranchait d'un geste aussi familier son quignon de pain et sa saucisse.

Il était très grand, mince, pâle, avec une quiétude déroutante dans les prunelles.

Les uns qualifiaient cette quiétude d'assurance, les autres de comédie, d'autres enfin de bêtise.

Entre-temps, on avait fait des recherches aux fins de retrouver le vrai Saint-Bonnet s'il en existait un faux. Ces recherches furent vaines, comme les fouilles pratiquées dans l'hôtel et en particulier dans la chambre du gentilhomme.

Celui-ci, de l'avis de tous, était un homme racé, chez qui on n'avait jamais rien remarqué d'anormal. Sa nervosité ? Les gens ne l'exagéraient-ils pas maintenant à leur insu ?

Il partageait son temps entre les champs de course et son château du Berry, où il se passionnait surtout pour l'élevage en grand des chiens courants, ce qui avait déjà été la marotte de son père.

Imagine-t-on ces huit minutes ? Car je les ai chronométrées. Huit minutes exactement !

L'*Homme* assis au bord de son lit, le regard vague.

Et une jeune femme debout près de la porte, n'osant pas faire un geste, retenant sa respiration.

Près de moi, G. 7, qui avait imaginé cette confrontation et qui gardait tout son sang-froid, tandis que je sentais la fièvre monter en moi.

J'avais envie de le supplier de mettre fin à mon supplice, à celui de cette femme surtout !

Cette femme regardant un homme, se demandant si cet homme était oui ou non son mari !

« Qu'est-ce que vous en pensez ? souffla soudain mon compagnon, à mon oreille.

— Allez ouvrir la porte !

— Il ne bronche pas, hein ! »

C'était intolérable. Huit minutes, je le répète ! De vraies minutes, comptées sur le cadran d'une montre !

« Ils sont riches...

— Je sais... Mais ne croyez-vous pas que cela suffise ? Ouvrez !

— Essayez de trouver un mobile à un acte comme celui-là, vous !

— Je n'essaie plus...

— Examinez l'autre hypothèse : celle de

deux hommes, d'un comte disparu et d'un voyou retrouvé à sa place... »

Je finissais, comme il m'arrive toujours en cas d'énervement, par avoir les pieds mal à l'aise dans mes chaussures, le gros orteil désagréablement écarté.

« Savez-vous combien il y a de solutions possibles ? Plausibles même !... Au moins six... »

Je craignais de le voir me les énumérer. Mais il se dirigea vers la porte de la cellule. Quelques instants plus tard nous étions au parloir, la comtesse de Saint-Bonnet, G. 7 et moi.

« Vous l'avez reconnu ? Vous lui avez parlé ? questionna l'inspecteur avec une bienveillance soulignée.

— Oui... Je lui ai parlé... fit-elle.

— Il vous a répondu ? »

Elle hésita.

« Non... Je ne sais pas... Je ne sais rien... Et pourtant je sens que c'est lui... Je le sens et ma raison refuse de le croire...

— Yves de Saint-Bonnet m'a dit la même chose... Permettez-moi encore une question : votre mari n'était pas sujet à des crises de somnambulisme ?...

— Je ne pense pas... Ou plutôt, je crois me souvenir que, quand il était très jeune, il

se relevait parfois la nuit... Par la suite, cela
ne lui arrivait plus...

— Etait-il jaloux ? »

La question me fit tressaillir, tant elle
était inattendue. Mais Mme de Saint-Bonnet
ne se troubla pas. Elle esquissa un sourire
triste.

« Comme tous les hommes... Mais je
sortais si peu !...

— Vous ne receviez pas davantage ?

— Jamais !... Dans le Berry seulement,
quelques voisins, pour les chasses... »

G. 7 se leva, gagna la cellule dont il ouvrit
la porte, cria :

« Approche, toi ! »

L'*Homme* ne bougea pas. Mon compagnon alla le saisir par les épaules et il le
poussa ainsi dans le corridor, puis dans le
parloir.

« Assieds-toi ! »

Et, comme l'autre n'obéissait pas, il l'installa de force sur une chaise.

Mme de Saint-Bonnet s'était levée, ahurie,
inquiète, une main sur la poitrine.

*
* *

Ce fut brutal comme un coup de massue,

au point que mon visage s'empourpra d'un seul coup jusqu'aux oreilles.

« Mme de Saint-Bonnet, prononça G. 7 en regardant en face l'homme tatoué, est depuis plusieurs mois la maîtresse de votre frère ! »

Deux déclics, littéralement. La comtesse reculant brusquement de deux pas, étendant les mains devant elle comme pour se protéger.

L'*Homme* se dressant, les poings serrés, les yeux fous.

« Qu'est-ce que vous dites ? »

C'étaient les premiers mots qu'il prononçait depuis deux semaines !

G. 7 m'adressa un signe et je le suivis vers la porte par laquelle nous disparûmes aussitôt, laissant le couple en tête-à-tête.

Dans la cour de la maison de santé, l'inspecteur soupirait un peu plus tard :

« J'ai eu chaud ! Et ce n'est pas facile, je vous jure, d'être aussi odieux que je viens de l'être. Mais c'était nécessaire et j'avais par trop pitié de ce pauvre garçon… J'ai joué ma partie presque à coup sûr, avec, en tout cas, des preuves morales suffisantes…

« L'attitude de sa femme dans la cellule !… La sienne !… Celle de son frère à l'instruction !…

« Le doute qu'on se complaisait à laisser planer… L'affirmation qui ne naissait que peu à peu…

« Vous pensez bien qu'une femme est *toujours* capable d'affirmer que tel individu est ou n'est pas son mari… *Toujours !*

« Mais il lui fallait éviter les soupçons par trop de précipitation. Elle n'affirmait que peu à peu et ainsi, d'ici une semaine ou deux, l'homme tatoué, convaincu d'être le comte de Saint-Bonnet, était enfermé à jamais comme fou…

« A qui cela pouvait-il profiter ? A des amants…

« La comtesse ne sortait pas, ne recevait pas, sauf Yves de Saint-Bonnet, célibataire…

« Un homme énergique, celui-là, qui s'est souvenu que son frère, lorsqu'il était tout jeune, était somnambule !

« Rien n'est plus facile à hypnotiser qu'un somnambule… Saint-Bonnet n'était-il pas déjà bizarre, d'humeur très inégale ?… Ne le considérait-on pas comme un original ?

« Restait à en faire un fou…

.« Le tatouage d'abord, pratiqué sans doute tandis que le pauvre garçon était sous le coup d'un sommeil hypnotique… Des expéditions nocturnes ensuite, qui lui étaient ordonnées par le magnétiseur...

« Quand Saint-Bonnet est revenu à lui, au commissariat, il a été horrifié par son cas. Il n'était pas sans avoir vu jouer le *Professeur Hallers*... Il était au courant des mystères de la double personnalité...

« Il s'est cru taré... Il a préféré passer pour un autre... »

5

LE CORPS DISPARU

D'ABORD les faits en bref, tels qu'un coup de téléphone, un soir, vers onze heures, les apprit à G. 7, ce qui suffit pour nous décider à prendre le train une heure plus tard.

Le jour même, à quatre heures de l'après-midi, les habitants de Tracy, un tout petit village des bords de la Loire, aperçoivent le corps d'une jeune fille qui s'en va au fil de l'eau.

On le repêche à l'aide d'un bachot. Bien qu'il ne donne plus signe de vie, un vigneron s'en va à Pouilly avec sa voiture et ramène un médecin.

Celui-ci, pendant deux heures, pratique en vain la respiration artificielle.

La jeune fille, que personne ne connaît, ne revient pas à elle. Le maire est absent. Il n'y a pas de garde-champêtre, ni de gendarmerie. Le brigadier de Pouilly, qui est en tournée, ne pourra arriver que le lendemain.

Le garde-barrière possède un petit local inutilisé derrière sa maison. On y dépose le cadavre. A la tombée du jour, les gens se dispersent.

Vers dix heures du soir, le garde-barrière sort de chez lui pour aiguiller un train de marchandises. En passant devant le local où la morte est couchée, il s'aperçoit avec stupeur que la porte, qu'il a fermée lui-même, est entrebâillée.

Il s'effraie. Il va chercher sa femme. Tous deux s'avancent avec une lanterne, passent la tête par l'ouverture.

Le cadavre a disparu ! Il n'y a plus rien dans le réduit !

***
***

A six heures du matin, nous étions déjà sur place et, de la gare, nous pouvions apercevoir la bicoque autour de laquelle les paysans étaient en effervescence.

Tracy se dresse sur la rive droite de la Loire, à un endroit où le fleuve, très large, est parsemé de grandes îles de sable.

En face du village, on aperçoit le château de Sancerre, mais il faut faire un long détour pour atteindre le pont suspendu qui y conduit ainsi qu'à Saint-Satur, si bien que le village est assez isolé.

Les gens que nous voyions étaient presque tous des vignerons dont quelques-uns alertés par le garde, avaient passé la nuit sur la route, à guetter l'arrivée des gendarmes.

Ces derniers étaient arrivés un peu avant nous. Ils se livraient à un interrogatoire général qui donnait les résultats les plus confus.

Un fait était certain : la jeune fille, après deux heures de respiration artificielle, ne donnait pas signe de vie, et le docteur avait signé sans hésiter le certificat de décès.

Seulement un ancien batelier venait de jeter le trouble dans les esprits en racontant une histoire dont il avait été le témoin : la fille d'un marinier tombant à l'eau pendant l'absence de son père, repêchée seulement une heure plus tard, soignée par deux médecins qui la déclarent morte ; le père revenant, se jetant sur le corps de son enfant et, dix heures durant, se livrant à des mouvements rythmiques ; la jeune fille, enfin, revenant peu à peu à elle...

Décrire l'effet de ce discours serait impossible. Les gens, du coup, se mettaient à trembler, et le garde-barrière n'osait plus regarder du côté de la bicoque.

G. 7 n'avait pas cru devoir décliner sa qualité. Nous étions là comme de simples curieux, à tout écouter, à tout voir. Bien qu'on fût en août et que le temps fût sec depuis près de quinze jours, certains s'obstinaient à chercher des empreintes sur le sol de la route.

Le brigadier ne savait que faire. Il prenait note de tout ce que les gens voulaient bien lui dire et il avait des pages et des pages de carnet noircies d'une grosse écriture appliquée.

Vers dix heures du matin, coup de théâtre. Une voiture arrive des Loges, un autre village, de la même importance que Tracy, situé à quatre kilomètres en amont. Une grosse dame en effervescence en descend.

Elle crie. Elle pleure. Elle gémit. Un vieux paysan, muet, la suit.

« C'était ma fille, n'est-ce pas ? »

On décrit la noyée de la veille, ses vêtements. Les gens discutent, car ils ne sont pas d'accord sur la couleur des cheveux. Mais il n'y a pas de doute possible.

La noyée n'est autre qu'Angélique Bourriau, dont les parents viennent d'arriver des Loges.

Le père est tellement écrasé par l'événement qu'il ne parvient pas à prononcer une parole et qu'il regarde autour de lui avec hébétude. Mais la mère parle pour deux, d'une voix à la fois criarde et volubile.

« Un coup de ce Gaston, certainement... »

On tend l'oreille. On apprend qu'Angélique, qui avait dix-neuf ans, s'était « toquée » d'un employé des contributions de Saint-Satur qui n'avait pas un sou devant lui et qui n'avait même pas encore fait son service militaire.

Bien entendu, les Bourriau s'opposaient au mariage. Ils avaient un autre parti en vue, un gros vigneron de Pouilly qui, lui, avait trente ans et du foin dans les bottes.

Le mariage devait avoir lieu deux mois plus tard.

Nous arrivâmes les premiers à Saint-Satur, G. 7 et moi, laissant gendarmes, parents et curieux en permanence devant le réduit vide.

Il était onze heures quand nous entrâmes au bureau des contributions où Gaston lui-même, Gaston Verdurier, pour lui donner son nom exact, nous reçut au guichet.

65

C'était un grand jeune homme de vingt ans, avec des yeux fiévreux, des lèvres qui se mettaient à tressaillir à la moindre émotion.

« Veuillez sortir un instant avec nous...

— Mais... »

Verdurier montrait l'horloge qui ne marquait pas encore midi.

« Vous préférez que je parle ici ? Il s'agit d'Angélique... »

Il saisit brusquement sa casquette, nous suivit dehors.

« A quelle heure l'avez-vous quittée, hier après-midi ?

— Mais... Que voulez-vous dire ?... Je ne l'ai pas vue...

— Vous l'aimiez, n'est-ce pas ?

— Oui...

— Elle vous aimait...

— Oui...

— Vous n'avez pas voulu qu'elle soit à un autre...

— Ce n'est pas vrai !...

— Quoi ? Qu'est-ce qui n'est pas vrai ?

— Je ne l'ai pas tuée !

— Vous savez donc quelque chose ?

— Non... Oui... On l'a retrouvée, n'est-ce pas ?

— Oui, on l'a retrouvée. Et, dans quelques instants, la gendarmerie sera ici...

— Qui êtes-vous ?

— Peu importe. Que savez-vous ? Pourquoi avez-vous affirmé, avant que je vous apprenne quoi que ce soit, que vous ne l'avez pas tuée ?

— Parce que je savais qu'Angélique n'accepterait pas ce mariage... Elle m'a dit plusieurs fois qu'elle préférait mourir...

— Et vous ?... »

Nous traversions le pont suspendu. De loin on voyait les toits rouges de Tracy.

« Moi, je suis désespéré...

— Vous avez travaillé à votre bureau, hier après-midi ? Par la peine de mentir, hein ! j'interrogerai votre chef...

— Non... J'avais demandé congé...

— Et vous avez vu Angélique.

— Oui... Près des Loges... Nous nous sommes promenés ensemble...

— Quand vous l'avez quittée, elle vivait ?

— Oui !

— Et vous n'avez aperçu personne qui rôdait ?... Grosjean, par exemple... C'est ainsi que s'appelle celui qu'elle doit épouser, n'est-ce pas ?

— Je ne l'ai pas vu... »

Le jeune homme était pantelant d'angoisse. Il avait le visage en sueur, les lèvres blêmes.

« Nous allons la voir ? questionna-t-il.

— Oui !

— Ah !... Nous allons... la... »

Il s'arrêta.

« Eh bien ?... Vous n'avez pas le courage d'aller jusqu'au bout ?...

— Si... je... Mais vous devez comprendre... »

Et soudain il éclata en sanglots. G. 7 le laissa pleurer et ne lui adressa plus la parole avant d'arriver devant la maison du garde, où la foule s'ouvrit pour laisser passage à Gaston Verdurier.

Celui-ci se cachait le visage à deux mains. Il questionna :

« Où est-elle ? »

Mais déjà la mère de la jeune fille l'apostrophait avec véhémence et la scène devenait désordonnée, à la fois tragique et grotesque. Pour un peu, elle eût dégénéré en bataille.

« Il s'expliquera à Pouilly ! » intervint le brigadier en saisissant le poignet du jeune homme.

Celui-ci était fou d'angoisse. Jamais, je crois, je n'ai vu visage aussi décomposé. Il nous cherchait des yeux comme s'il eût compté sur nous pour le tirer de là.

« Je n'ai pas tué, je le jure ! » hurla-t-il

tandis qu'on le poussait dans une charrette pour le mener à la ville.

Et la charrette était à cent mètres qu'on entendait encore ses sanglots.

Tout cela s'était passé si vite et dans une atmosphère tellement étrange que je n'avais même pas pensé à me faire une opinion sur l'affaire.

On m'eût montré la jeune fille vivante que je n'eusse pas été étonné. On m'eût dit que son fiancé officiel l'avait tuée, que je n'eusse pas sourcillé davantage.

Il y avait un soleil magnifique. La maison blanche du garde étincelait.

Les gens ne se décidaient pas à s'en aller et le désarroi des parents, qui ne savaient même pas où était le corps de leur fille, était quelque chose d'intensément dramatique, en dépit des à-côtés ridicules de la situation.

G. 7 n'était pas encore entré officiellement en scène. Il regardait autour de lui. Il écoutait.

« Dites donc ! fit-il soudain en s'adressant à l'ancien batelier qui avait raconté l'histoire de la ressuscitée. Vous n'étiez pas à Saint-Satur, hier au soir ?

— Bien sûr, puisque c'est là que j'habite.

— Et vous n'êtes pas allé au café ?

— J'ai pris l'apéritif. Mais pourquoi me demandez-vous ça ?

— Vous avez raconté votre histoire ?

— Quelle histoire ? »

Sans doute G. 7 en savait-il assez, car il tourna le dos avec désinvolture, me fit signe de le suivre.

« Pas la peine de nous presser ! dit-il. Il y a un train pour Pouilly à deux heures. D'ici là, nous avons le temps de déjeuner à l'auberge et de goûter au vin blanc du pays.

— Mais...

— Mais quoi ?... » me demanda-t-il le plus naturellement du monde, comme si nous n'eussions été là que pour savourer l'air pur et les produits du pays.

Et à ce signe je reconnus qu'il tenait d'ores et déjà la solution de l'affaire.

Deux heures plus tard, nous étions en face de Gaston qui, tête baissée, le regard fuyant, se défendait avec acharnement contre les accusations du capitaine de gendarmerie.

Il avait des larmes plein les yeux, le visage plaqué de taches pourpres, les ongles rongés jusqu'à la racine.

« Je n'ai pas tué !… Ce n'est pas vrai… sanglotait-il avec rage et humilité tout ensemble.

— Mais vous ne vous êtes pas tué non plus ! » dit soudain la voix calme de G. 7.

J'étais loin de m'attendre à cette phrase-là. Gaston aussi, qui bondit, regarda mon ami d'une façon incisive, avec quelque chose d'affolé dans les prunelles.

« Comment… comment savez-vous ?… »

G. 7 avait aux lèvres un sourire amer, terriblement humain.

« Il m'a suffi de vous regarder pour comprendre… Pour comprendre qu'au dernier moment vous n'avez pas eu le courage !… Le dernier baiser !… La dernière étreinte !… La volonté de mourir ensemble plutôt que de renoncer l'un à l'autre !… Angélique qui se précipite vers le fleuve… Et vous, alors, vous, soudain dégrisé, qui regardez le corps que le flot emporte, qui reculez, qui restez là, immobile, un frisson au fond de la poitrine…

— Taisez-vous !…

— Le soir, à Saint-Satur, vous êtes au café. Vous buvez pour vous calmer. Un homme raconte une horrible histoire… On a repêché une jeune fille à Tracy… On la croit

71

morte... Mais lui, il a son idée... Il a connu un cas pareil, jadis...

« Vous écoutez. Vous tremblez de tous vos membres. Peut-être imaginez-vous Angélique enterrée vivante...

« Vous vous précipitez dehors... Vous arrivez à Tracy... Vous volez le corps que vous emportez dans les bois proches...

« Vous tentez la résurrection !... Du moins je veux le croire, n'est-ce pas ?... C'est pour vous racheter que vous agissez ainsi !... Ce n'est pas pour empêcher, au contraire, Angélique de revivre, de vous accuser de lâcheté... »

Le jeune homme poussa un cri d'horreur.

« Hélas ! elle est bien morte... » poursuivit G. 7.

Sa voix se fit plus basse.

« Allons ! dites-nous où vous l'avez laissée... »

Et dehors, cinq minutes plus tard, il soupirait en respirant avidement :

« Je ne sais pas pourquoi... mais j'aurais encore mieux aimé m'occuper d'un vilain crime !... »

Comme moi, sans doute, il gardait un poids sur la poitrine, tandis que deux gendarmes accompagnaient l'amoureux de vingt ans vers la forêt.

6

HANS PETER

JE n'oublierai jamais sa physionomie, ni les moindres détails de sa personne — détails soulignés, au surplus, avec une netteté incisive, comme dans un dessin de Dürer qui se fût complu à en faire le portrait.

L'arrivée dans l'île de Porquerolles est, plus encore qu'un débarquement sur la Côte d'Azur proprement dite, comme un bain de soleil, de chaleur, de joie de vivre et d'optimisme.

Un village de deux cents habitants, au milieu d'une île de cinq kilomètres. Un port minuscule, où les yachts seuls font escale.

Ce n'est qu'à une heure d'Hyères et pourtant on se sent très loin, à une latitude qui aurait les charmes de l'Afrique sans en avoir les excès.

Les maisons sont blanches, roses, vertes

et bleues. Il y a partout des eucalyptus, des mimosas et des bambous. Les gens parlent en chantant et des petits rentiers ont un casque de sureau sur la tête et des vêtements de toile.

Ils pêchent à la ligne, sur la jetée autour de laquelle l'eau est calme comme celle d'un lac, bleue comme sur les cartes postales.

On nous conduit, G. 7 et moi, à travers cet enchantement. On ouvre la porte d'une mairie pareille à un mas provençal et nous voilà tout de go dans la salle du conseil transformée en prison.

Là, tandis que les cigales chantent au-dehors, que le soleil met des gerbes d'étincelles dans les vitres, Hans Peter, assis sur un banc avant notre arrivée, se lève et attend, sans nous saluer, mais sans nous défier.

Le gendarme qui nous conduit est gras, brun de poil. Il a une voix de baryton.

Hans Peter, lui, est un grand garçon maigre, au teint blafard, aux yeux si clairs qu'on les dirait incolores. Il est blond — presque blanc.

Il porte une veste de gros drap verdâtre comme on n'en voit que dans le Nord : en Suède, en Norvège, en Finlande.

Des traits dessinés à la pointe sèche, je l'ai

dit. Des lèvres minces sur lesquelles flotte un étrange sourire.

« C'est lui ! » s'écrie le gendarme.

Le seul gendarme de l'île, où l'affaire a éclaté comme une bombe.

Je voudrais résumer les faits, mais je voudrais en même temps qu'on se fasse une idée de l'atmosphère, qui leur donne leur valeur réelle.

Porquerolles est un paradis. L'*Oustaou de Diou* est le paradis de Porquerolles.

Son nom signifie d'ailleurs à peu près : la maison du Bon Dieu. Une grande maison peinte en blanc, dominant le village et le port. Car le village s'adosse à une colline et l'*Oustaou* se dresse au flanc de celle-ci.

Des Anglais, des Américains ont offert des sommes folles de cette demeure sans luxe, mais dont la situation est unique.

C'est l'*Oustaou* qu'on aperçoit en arrivant. Et on ne cesse de le voir de tous les points de l'île, avec son toit rouge encadré d'eucalyptus.

Quatre jours plus tôt encore, un petit rentier, Justin Bedoux, vivait là, tout seul. Un marin retraité, appelé le plus souvent l'Amiral, venait chaque jour faire son ménage.

Bedoux était un homme paisible, à casque

de sureau et à complet blanc, qui passait son temps à pêcher la girelle dans un petit youyou peint en bleu pâle avec un lisseton or.

Le lundi 13 août, exactement donc, l'Amiral s'étonne de trouver encore, à neuf heures du matin, l'*Oustaou* endormi. Il n'a qu'à pénétrer dans la maison par la première fenêtre venue, car celles-ci sont toujours ouvertes. Et il trouve son maître mort à côté de son lit, la poitrine sanglante.

L'alarme est donnée. Tout le village accourt. L'unique gendarme n'a même pas le temps de se mettre en tenue, ni le maire de ceindre son écharpe.

Bedoux est bien mort, d'une balle en plein cœur.

Or voilà que quelques instants plus tard, comme on fouille sans conviction la maison, on découvre, dans un réduit, un rôdeur endormi sur une botte de paille.

C'est Hans Peter, qui est arrivé dans l'île trois jours plus tôt et qui depuis lors va et vient, inquiétant, sans rien acheter, sans manger à l'auberge, sans coucher dans un lit, sans qu'on puisse voir enfin la couleur de son argent.

Il est bien près d'être lynché. Il ne s'en tire qu'avec des bleus sur tout le corps et une plaie contuse au-dessus de l'œil. On l'enferme à la mairie, faute de prison.

Seulement la question se complique aussitôt, car on n'a pas retrouvé le revolver : ni dans la chambre, ni dans le réduit, ni sur Peter.

Et il n'y avait pas un centime, *pas un,* dans les poches de celui-ci.

*
* *

On avait fait appel à la police judiciaire et G. 7 arrivait.

Je le répète, je n'oublierai jamais la physionomie de Hans Peter tel qu'il nous apparut à ce moment.

On le sentait tellement d'une autre race ! Tellement dépaysé parmi ces Méridionaux ! Et tellement pitoyable, pour tout dire !

Il avait des papiers, mais un seul coup d'œil suffisait à révéler qu'ils étaient faux, ou tripotés à tout le moins.

Un de ces papiers le donnait comme Danois, un autre comme Finlandais, un troisième enfin comme Allemand du Mecklembourg.

Il était marin, ouvrier mineur ou serrurier. Il y avait sur un étrange passeport des visas étrangers dont un, pour autant qu'on en pût juger par les caractères indéchiffrables, était chinois.

Je crus d'abord qu'il ne parlait pas le français, mais je m'aperçus par la suite qu'il comprenait cette langue sans en perdre un mot, mais que, par contre, il ne la parlait que timidement, lentement, avec une étrange douceur qui donnait une gravité spéciale à ses moindres réponses.

Ses souliers bâillaient, réparés avec de la ficelle. Ses vêtements étaient sales, râpés. Il n'avait pas de chemise et il avait remplacé son linge par un vieux tricot qu'on avait dû lui donner.

La première question de G. 7 fut :

« Qu'est-ce que vous faites ici ?

— *Je vais !...* »

C'est sa réponse textuelle. Elle s'accompagna d'un geste vague et j'avoue que je fus ému.

L'homme n'avait pas trente-cinq ans. Il n'était pas rasé depuis plusieurs jours. Ses paupières étaient violemment cernées. Mais son visage gardait une certaine beauté.

C'était un vagabond, certes. Mais pas un vagabond vulgaire.

« Vous avez tué ?

— Non ! Je dormais...

— A quelle heure avez-vous pénétré à l'*Oustaou* ?

— Le soir.

— Par la porte ?

— Par le mur !

— Vous n'aviez plus d'argent ?

— Rien !

— Vous n'aviez pas mangé ? »

Il ne connaissait pas le mot *oursin* mais il expliqua en s'aidant de signes qu'il avait pêché de ces bêtes dans les calanques et qu'il n'avait mangé que cela depuis trois jours.

« Vous cherchiez du travail ? »

Il haussa les épaules, comme si la question eût été saugrenue. Il sourit, avec une sorte d'indulgence pour notre ingorance en matière de vagabondage, sans doute.

« Je n'ai pas tué. Je dormais.

— Et vous n'avez rien entendu ?

— Je dormais ! »

Ce fut tout. On n'en tira rien d'autre.

Nous visitâmes l'*Oustaou* et G. 7 s'installa dans le réduit où avait couché Hans Peter, en me demandant de tirer un coup de revolver dans la chambre de la victime.

L'instant d'après il m'affirmait :

« Le sommeil le plus profond ne résisterait pas au vacarme ! »

Et j'en fus déçu. Je ne sais pourquoi je

m'étais pris pour Peter d'un sentiment où il y avait une bonne part de sympathie.

« Par exemple ! poursuivit l'inspecteur, je serais curieux de savoir si la porte du réduit était fermée quand le gendarme est arrivé.

— Pourquoi ? »

Il me montra la porte sans serrure, qui fermait extérieurement par un loquet. Et il affirma :

« *Parce qu'elle ne ferme pas de l'intérieur !* »

La réponse du gendarme fut catégorique, confirmée par le témoin : la porte était fermée lorsqu'on découvrit Peter. Au surplus, si le loquet n'eût pas été mis, le panneau se fût ouvert de lui-même, car il n'était pas d'aplomb.

G. 7 avait commencé son enquête avec une certaine nonchalance. Mais cette découverte lui rendit tout son mordant.

Il entreprit une série d'interrogatoires qui prirent plus de deux heures.

Tandis qu'il parlait ou écoutait, je résumais ce que j'entendais par des fiches que voici :

« *Fiche Bedoux.* — Justin Bedoux, célibataire, né à Hyères en 1877, d'une famille d'horticulteurs. Est parti en Indochine à vingt ans. Y a réalisé une jolie fortune et, à cinquante ans, a acheté l'*Oustaou de Diou* où il s'est installé. Aucune autre famille qu'un neveu. »

« *Fiche Maronnet.* — Jean Maronnet, fils unique de Joséphine Maronnet, née Bedoux, sœur de Justin Bedoux. Orphelin depuis l'âge de 18 ans. Agé de 27 ans lors de la mort de son oncle. Unique héritier de celui-ci. A hérité de ses parents une fortune modeste. A épousé une femme qui avait été longtemps sa maîtresse, à Paris. Passe l'été en yacht sur la Côte d'Azur. »

Ce yacht, l'*Epatant,* était depuis un mois dans le port de Porquerolles, quand le drame éclate. Maronnet et sa femme vivaient à bord, sans domestique. Ils circulaient peu, ne faisant par beau temps que quelques promenades vers Saint-Raphaël, Toulon où l'île de Port-Cros.

J'ai vu l'*Epatant :* un bateau blanc de huit mètres cinquante, comportant une seule cabine comme il y en a beaucoup en Méditerranée.

J'ai vu Maronnet aussi : un grand garçon mince, élégant, avec toutes les caractéristiques de ce qu'on appelle le fils à papa.

J'ai même vu Maronnet et Hans Peter côte à côte, dans la maison du crime, près de l'endroit où le corps fut découvert — mais où il n'était plus, car il avait fallu l'enterrer deux jours plus tôt.

Est-ce à cause de mon étrange sympathie pour le gueux ? Toujours est-il que, pour moi, cette confrontation sans paroles fut poignante.

G. 7 ne questionna guère les deux hommes. Il se contenta de les observer.

Maronnet, de lui-même, éprouva le besoin de déclarer :

« J'avais déjà remarqué cet homme sur la jetée, où il errait des heures durant. Vous croyez que c'est lui qui a tué ?

— N'alliez-vous pas souvent à la pêche, en youyou, avec votre oncle ?

— Quelquefois.

— Vous n'avez jamais été pris par un gros temps ?

— Il n'y a pas eu un seul coup de vent pendant les dernières semaines. »

G. 7 sourit, me chercha du regard.

Je compris qu'il avait trouvé la solution, lui, et j'enrageai quelque peu, comme cela m'arrivait chaque fois.

*
* *

G. 7 laissa les deux hommes sous la garde

du gendarme, sans rien permettre de deviner de ses intentions, selon son habitude.

Dehors, il lança :

« Et voilà ! Bouclés !

— Tous les deux ?

— Tous les deux, oui ! A cause de cette porte ne fermant que de l'extérieur, vous comprenez ? Hans Peter n'a donc pu s'enfermer tout seul dans le réduit, une fois le crime commis ! Et, si on l'avait enfermé contre son gré, alors qu'il était innocent, il eût protesté... C'est élémentaire... D'autant plus qu'il a entendu le coup de feu... Une seule solution : il n'a pas tué, mais il était complice... »

Nous nous promenions sur la jetée où Mme Maronnet, violemment maquillée mais plus que légèrement vêtue, se balançait dans un rocking-chair installé sur le pont de son yacht.

« Le couple commençait à s'impatienter, n'est-ce pas ?... Un oncle trop dur à cuire, capable de vivre un siècle !... Les parties de pêche sur le petit youyou... Mais pas un coup de vent permettant à Maronnet de faire passer le vieux par-dessus bord et d'expliquer ensuite cela par un coup de roulis...

« Difficile de le tuer autrement, sans risques.

« C'est alors que Peter est arrivé, comme un vagabond qu'il est, par hasard, sans savoir même où il allait...

« Maronnet a compris le parti qu'il pouvait en tirer. S'arranger pour que le gueux soit soupçonné... L'enquête durerait des semaines, sur cette fausse piste, puis il faudrait bien relâcher Peter faute de preuve... D'autre part, il est rare qu'une instruction qui s'est éternisée dans une mauvaise direction revienne à son point de départ et trouve enfin le bon bout...

« On préfère enterrer l'affaire...

« Maronnet a donc pris un arrangement avec Hans... Il l'a conduit lui-même dans le réduit... J'ignore la somme qu'il lui a promise pour se laisser accuser pendant un certain temps.

« La seule chose à laquelle il n'ait pas pensé, c'est que la porte ne fermait *que du dehors*...

« Et c'est pourquoi ce joli monsieur passera sans doute le reste de sa vie au bagne... »

A quel sentiment ai-je obéi ? Au prestige du bas-fond auquel nous sommes tous plus ou moins sensibles ?

J'ai obtenu que Hans Peter soit relâché. J'ai tout fait pour obtenir ensuite ses confidences.

Mais en vain.

Il traîne ses savates quelque part, calme, presque digne, affamé.

7

LE CHIEN JAUNE

UNE sale affaire ! Je le sentis dès notre arrivée, par un temps gris, pluvieux, dans ce village en *heim* des environs de Mulhouse. Il soufflait un vent d'ouest qui nous plaquait l'eau du ciel, par paquets, sur les vêtements et sur le visage. Nous étions boueux. Une de mes semelles avait renoncé soudain à être imperméable.

« Naturellement, tous les rideaux bougent ! » grondai-je.

C'était vrai. Le village où nous étions n'ayant pas de gare, nous venions à pied d'un autre patelin situé à sept kilomètres, dans la vallée. Nous avions été dépassés par deux cyclistes et par une charrette attelée d'un cheval. Et nous étions signalés ! A notre passage, les rideaux frémissaient. Des gens éprouvaient le besoin de sortir de chez eux sous prétexte de jeter une poignée de maïs aux poules.

Pas de saluts. Des regards soupçonneux.

Je commençais à avoir l'expérience de ces sortes d'affaires, et cela se passa exactement comme je prévis à cet instant que cela se passerait ; des réticences, des accusations détournées, des rétractations, de la défiance surtout ! Une défiance épaisse, insondable, incompréhensible et décourageante.

Six cents habitants dans le village. Quatre cents ne parlant que l'allemand ou plutôt le patois du Haut-Rhin.

Deux églises : l'une protestante, avec un pasteur suisse, l'autre catholique.

Enfin, des haines et des jalousies à vous dégoûter à jamais de l'humanité et en tout cas de la campagne.

En été, le site devait être admirable. Mais nous étions en novembre. Il y avait des courants d'air partout entre ces collines en marches d'escalier. Le ciel bouché. De l'eau dégoulinant des nuages et des pentes.

« D'abord, on a entendu hurler le chien jaune ! »

Je me souviens de la phrase, parce que c'est la première phrase que nous entendîmes au cours de l'interrogatoire. Nous devions l'entendre par la suite à nous en faire tinter les oreilles.

« Quel chien jaune ? »

Nous étions dans le bureau du maître d'école, transformé pour quelque temps en cabinet d'instruction.

Le témoin, un domestique de ferme qui mélangeait dans ses discours le français et le bas-allemand, étreignait fiévreusement ses mains.

« Le chien jaune ! Celui qu'on entend chaque fois...

— Racontez-moi les événements...

— Les patrons venaient de se coucher... J'étais dans la grange, à cent mètres derrière la maison, où j'ai mon lit... J'ai entendu le chien jaune et presque aussitôt après un grand cri... Je me suis caché dans la paille... C'est le matin seulement que... »

G. 7 me regarda d'une façon significative, et je vis qu'il avait la même opinion que moi sur l'enquête qui commençait. Comme il me l'avait dit cent fois, il vaut mieux avoir affaire aux plus rusés malfaiteurs qu'aux paysans les plus naïfs, et les crimes de villages sont ceux à l'étude desquels on se casse davantage la tête.

Ces mains agitées, ces regards inquiets lancés vers la porte, ces phrases non terminées, ces évocations du chien jaune enfin et ces allusions à quelque mystère surnaturel, nous devions les retrouver à chaque pas au cours de l'enquête.

Les faits, en eux-mêmes, étaient pourtant simples. Sept jours plus tôt, un fermier et sa femme avaient été trouvés assassinés à coups de barre de fer dans leur chambre. Le vol était le mobile du crime. Le valet de ferme, François, que nous venions d'interroger, avait entendu du bruit, mais avait passé la nuit à claquer des dents dans la grange.

Un mois auparavant, un crime en tous points analogue avait été commis à deux kilomètres de là, sur la personne, cette fois, d'une vieille femme vivant seule depuis que son fils unique faisait son service militaire.

Enfin, trois semaines avant, autre crime : trois victimes, dont une fillette de treize ans, souillée par surcroît.

Chaque fois il était question d'un grand chien jaune aux poils hérissés, à la voix rauque, aux yeux phosphorescents, que quelqu'un avait vu ou entendu aux environs des lieux du crime.

Quatrième méfait : deux mois plus tôt, un nommé Libert, maréchal-ferrant, dont la forge et l'habitation se trouvaient à l'entrée du village du côté de la vallée, et qui vivait seul depuis la mort de sa femme remontant à dix années, avait été réveillé au milieu de la nuit par des bruits insolites.

Il avait aperçu une forme sombre dans sa chambre. Il avait sauté de son lit et il avait frappé. C'était un homme puissant, et pourtant, en l'occurrence, il fut moins fort que le voleur, qui parvint à s'enfuir.

Mais Libert put voir distinctement un chien jaune qui accompagnait le visiteur nocturne comme une ombre...

Tous ces détails, nous mîmes des heures à les apprendre, à les débarrasser surtout des commentaires qui les noyaient.

Pas une déposition franche et nette, sauf peut-être celle de Libert, qui n'avait pas la mine d'un homme superstitieux, capable de se laisser influencer par des histoires de chien jaune.

Comme il le disait, sa vigueur seule devait l'avoir sauvé de la mort, et il en était quitte pour la perte des quelques centaines de francs que le bandit avait volés dans sa chambre.

L'attitude du restant de la population était d'autant plus crispante qu'en effet l'affaire était extrêmement grave.

Cinq morts en quelques semaines ! Et pas une trace ! Pas un indice !

On se trouvait en face d'un voleur de la pire catégorie, tuant sans la moindre vergogne, sans même s'inquiéter de l'importance du butin.

Comment s'étonner de la prudence des gens qui s'enfermaient chez eux dès la tombée du jour, c'est-à-dire dès trois heures de l'après-midi ?

Si vous frappiez à une porte, vous entendiez le bruit caractéristique d'un fusil que l'on décroche !

« Mais enfin, existe-t-il un chien jaune dans le pays ?

— Il y a celui-là !

— Vous l'avez vu ?

— Il y en a qui l'ont vu...

— Je demande si on l'a vu en dehors des quatre affaires en question... »

Les gens ne comprenaient pas ou feignaient de ne pas comprendre. L'obligation de se servir du curé comme interprète compliquait encore les choses et provoquait la méfiance des témoins protestants.

C'était à s'arracher les cheveux de la tête. Tant et si bien que G. 7 pria le maire de faire amener tous les chiens du pays, à trois lieues alentour.

On dut pour cela s'aboucher avec les

maires des territoires voisins. Il y eut des frictions.

Mais enfin, le surlendemain matin, près de quatre cents chiens étaient réunis en face de la mairie, tandis que régnait une atmosphère de révolution.

Libert était l'homme qui semblait avoir vu le chien en question de plus près. On lui fit faire le tour de la ménagerie.

« Non, l'autre était d'un jaune *qui n'était pas un jaune de chien !* Un vrai jaune ! Jaune comme… comme un serin, par exemple ! »

Un jaune de chien ! Ces mots me frappèrent.

« Dites donc ! soufflai-je à G. 7, vous ne croyez pas que ce chien jaune soit une bonne invention de l'assassin ? Un moyen d'impressionner des gens déjà enclins aux superstitions, de les terroriser au point d'empêcher toute résistance ?… N'importe quel chien passé à l'ocre jaune… »

Il avait eu la même idée que moi et je le vis passer ses ongles dans les poils des animaux réunis, avec l'espoir, sans doute, d'y trouver un reste de teinture.

Libert avait dit aussi :

« Il avait les poils hérissés… »

Et nous cherchions les poils susceptibles de se hérisser. Nous n'avions pas envie de rire, si saugrenue que notre occupation pût paraître.

Nous étions entourés de visages graves, hermétiques. Des centaines d'yeux étaient fixés sur nous.

Et on semblait attendre le miracle : l'arrivée du chien jaune et de l'assassin !

Etait-ce l'âpreté du décor ? Ou bien la nervosité est-elle à ce point contagieuse ?

J'en arrivais non à croire à quelque événement surnaturel, mais à imaginer des êtres extraordinaires : un assassin tout à fait hors de pair, une sorte de brigand farouche vivant seul dans la montagne avec son invraisemblable chien jaune...

« Tenez !... Il ressemble un peu à celui-là... Mais en plus jaune... »

Libert nous montrait un grand berger d'Alsace mâtiné de saint-bernard, qui avait de cette dernière race les lippes pendantes et rougeâtres.

Il était roux, mais pas jaune. L'homme qui le tenait en laisse répondit avec une mauvaise grâce évidente aux questions de G. 7.

Il était bûcheron de son métier. La gendarmerie l'accusait de tirer le plus clair de ses ressources du braconnage. Sa maison,

94

plus semblable à une hutte qu'à une habitation du xxᵉ siècle, se dressait en plein bois.

Il y vivait avec sa femme et une dizaine d'enfants pour le moins, dans un désordre, dans une saleté dont on se ferait difficilement idée.

Il faut un événement de ce genre pour éclairer la vie véritable, secrète de ces villages qui ont des dehors si simplets et si reposants.

C'est ainsi qu'on apprenait que le bûcheron, qui s'appelait Peterman, avait en réalité deux femmes : la mère des enfants et l'aînée des jeunes filles qui n'était pas sa fille, mais une concubine acceptée par l'épouse légitime.

Quelques heures plus tard, nous fouillions cet antre plein de vermine où grouillaient au surplus des chats et des merles apprivoisés.

Nous ne trouvâmes rien, sinon des collets et un fusil démontable pouvant être caché dans les poches d'un veston et tirer du gros plomb de chasse.

« Le chien jaune !... Cela devient un cauchemar !... Vous ne commencez pas à en avoir assez, vous ?... Moi, je sens que si je reste huit jours dans le pays, je me mettrai à croire non seulement aux chiens jaunes, mais aux revenants... Il n'y a même pas moyen de savoir exactement qui l'a vu et qui l'a entendu... »

Et nous continuions à errer — nous devions être lamentables! — dans cette atmosphère opaque que créaient les maisons trop hermétiquement closes, les gens parlant bas et marchant à pas feutrés, la tête en avant, comme aux aguets.

Pour tout dire, je m'attendais à un nouveau crime. Je m'attendais à entendre hurler le fameux chien, à la tombée de la nuit.

Il restait bien des maisons isolées autour du village, bien des fermes prospères, susceptibles de fournir un riche butin.

Il est vrai que, dans la plupart de celles-ci, nous devions l'apprendre par la suite, un homme au moins restait debout toutes les nuits derrière la porte, sans lâcher son fusil!

Encore une fois, de loin, cela semble absurde.

Mais de près!... Avec le vent! Avec la pluie! Avec les montagnes désolées et ces hommes robustes, aux traits durs, s'entretenant au surplus dans un patois incompréhensible...

G. 7 n'était sur aucune piste. Du moins, l'emploi de notre temps était-il désordonné et passions-nous le plus clair de nos journées à errer dans le village et ses alentours.

« Enfin, ce chien jaune doit pourtant... commençai-je le quatrième jour au soir.

— Laissez-moi tranquille avec le chien jaune ! gronda-t-il. Je ne veux plus en entendre parler... Je...

— Vous abandonnez ? »

Il m'écrasa du regard.

« J'arrête l'assassin dans une heure ! martela-t-il. Venez, si vous voulez voir ça... »

* *
*

« Holà ! Libert !... »

Nous étions arrêtés devant la forge. G. 7 restait sur le seuil et appelait le maréchal-ferrant qui, me sembla-t-il, le regarda avec méfiance.

« Venez donc voir le chien que je viens de trouver... Je crois que c'est notre animal... »

L'autre hésita, retira son tablier de cuir, nous suivit d'une démarche lourde. Chemin faisant, il essaya deux ou trois fois de nouer la conversation, mais G. 7 laissait chaque fois tomber celle-ci à plat.

Nous arrivâmes à la mairie, dont l'inspecteur ouvrit la porte.

« Entrez !... »

Il faisait passer notre compagnon le premier. Celui-ci murmura :

« Le chien est ici ? »

Il avait à peine fait trois pas qu'il s'aperçut qu'il n'y avait aucun animal. Et ce fut rapide, prodigieux. L'homme se retourna. Il rugit. Il s'élança de toute sa masse puissante vers G. 7.

Il l'eût écrasé s'il fût parvenu à l'atteindre. Mais mon ami avait dû prévoir le geste. Il n'avait pas lâché la poignée de la porte. Il referma celle-ci à temps et la brute ébranla en vain l'huis, hurlant en des paroles rageuses.

« Vous comprenez maintenant ? Dire que je me suis donné le ridicule d'organiser une véritable foire aux chiens ! De quoi perdre ma réputation si cela venait à se savoir à Paris...

« J'aurais dû admettre dès le début que, du moment que le chien était d'un si beau jaune, du moment qu'il apparaissait avec tant de régularité, *c'est qu'il n'existait pas*...

« J'ai fait l'imbécile ! J'ai cherché le chien jaune, inventé par Libert... Un malin !... Avant de commencer la série de ses coups, il a voulu être sa propre victime, sûr, ainsi, qu'il ne serait jamais soupçonné...

« Pour établir un signalement caractéristique du bandit, il a créé de toutes pièces le chien jaune...

« Lors de son premier vrai crime, il lui a suffi d'imiter un aboiement et tout le monde a parlé du chien jaune...

« Celui-ci se mit à vivre dans l'imagination populaire mieux que s'il eût vécu réellement...

« Chacun l'a entendu ! Chacun l'a vu !... C'est tellement humain ! Le poil hérissé ! Le regard fulgurant !...

« Sans compter que le chien jaune, par la même occasion, détournait les soupçons vers un homme mal coté, vers ce Peterman possédant un chien à tout le moins jaunâtre...

« Libert connaissait bien son village, je vous le jure ! »

Le lendemain matin, comme nous allions prendre notre train, le maire nous annonçait que le maréchal-ferrant, qui avait ébranlé toute la nuit la porte de sa prison, avait fini par se fracasser le crâne sur celle-ci.

8

L'INCENDIE DU PARC MONCEAU

C'ÉTAIT le 14 septembre. A une heure du matin, un garde de nuit, faisant partie d'une de ces organisations privées qui se chargent de la surveillance des immeubles, téléphone au commissariat du quartier du Roule.

« Voulez-vous envoyer des agents rue Murillo… »

Et il explique qu'il a vu des lumières circuler dans l'hôtel particulier de M. Biget-Mareuil, alors que ce dernier fait une cure à Vichy avec sa femme et que les domestiques ont déjà gagné le château du Cher où les maîtres doivent passer le mois d'octobre.

L'hôtel est donc vide. Le garde a cru un instant au retour du propriétaire ou d'un des serviteurs, mais il a sonné en vain à la porte. Au surplus, c'est par un soupirail de cave qu'en dernier lieu il a aperçu des lueurs semblables à celles d'une lampe électrique de poche.

Au commissariat, il n'y avait qu'un secrétaire, qui alerta téléphoniquement son chef et celui-ci, par égard pour M. Biget-Mareuil, une des personnalités marquantes du quartier, se dérangea.

Une demi-heure plus tard donc, le commissaire et trois agents rejoignaient le garde qui leur affirmait :

« Les voleurs doivent être toujours là. Il n'est sorti personne. J'ai fait surveiller la grille qui, derrière l'immeuble, sépare le jardin de celui-ci du parc Monceau. »

Coups de sonnette. Pas de réponse. La porte est forcée. On va droit vers les caves où l'on n'entend aucun bruit.

Dans la seconde cave, pourtant, au beau milieu du sol de terre battue, on trouve un trou de plus d'un mètre de long sur cinquante centimètres de large et autant de profondeur.

Dans la troisième cave, idem. Quelque chose remue derrière un tas de charbon. On sort les revolvers.

« Haut les mains !... »

Et M. Biget-Mareuil en personne paraît, une bêche à la main, le visage noir de charbon, les ongles pleins de terre, l'air piteux.

Encore une fois je n'étais pas là, ni G. 7, mais je n'ai aucune peine à imaginer l'embarras du fonctionnaire, les bafouillements, les excuses, ni le tremblement de la voix du maître de maison quand il donna cette explication invraisemblable :

« Je suis revenu pour mettre en lieu sûr quelques objets de valeur... »

On le laissa seul. On ne pouvait faire autrement. Mais, à six heures du matin, G. 7 était prié de mener une enquête discrète. Et à huit heures, dans son bureau, il me disait d'une petite voix sèche qui ne présageait rien de bon :

« L'hôtel brûle toujours ! On craint pour les immeubles voisins. On s'est seulement aperçu de l'incendie vers cinq heures et demie et il était déjà trop tard... »

Nous avons regardé brûler l'hôtel, tout comme les badauds, à cette différence près que nous étions à l'intérieur du cordon d'agent et que les vulgaires curieux étaient à l'extérieur.

Mais c'était tout au plus une différence de quelques mètres. Impossible d'approcher des murs brûlants qui croulaient les uns après les autres.

Les pompiers nous bousculaient, nous criaient sans cesse de nous garer. Leur lieutenant expliquait à mon compagnon :

« Ce que vous voyez à gauche de la porte principale est le garage particulier de M. Biget-Mareuil. C'est dans ce garage qu'on a pris l'essence qui a servi à allumer l'incendie. On l'a transportée dans les caves... On a entassé en outre des matières inflammables...

— Aucun doute n'est possible ? C'est bien un incendie volontaire ?

— Et comment donc !...

— Croyez-vous que celui qui en est l'auteur ait eu le temps de fuir ?

— Sans peine ! Il a même pu jeter son brandon de la rue, par le soupirail, sur l'essence préparée... »

Le commissaire, lui, qui sentait sa responsabilité engagée, expliquait pour la centième fois son attitude.

« Qu'est-ce que je pouvais faire d'autre ? Pas l'arrêter, pourtant ! Chaque citoyen a le droit de bêcher dans sa cave... »

Ce qui est parfaitement exact ! Et il est assez délicat de demander des comptes à un M. Biget-Mareuil.

Il y a eu des Mareuil ministres et même un Mareuil président du Sénat. Les Biget, eux, se sont plus particulièrement illustrés dans la magistrature assise.

Fortunes colossales, mais invisibles, en quelque sorte, de gens qui vivent aussi simplement que des rentiers de petites villes.

Le commissaire nous renseignait toujours :

« Le père est mort voilà un mois… Il était veuf depuis quelques années, impotent, cloîtré dans son appartement du premier étage. Le Biget-Mareuil actuel est fils unique.

— Marié, à ce que j'ai entendu dire ? questionna G. 7.

— Depuis trois ans seulement, bien qu'il ait largement dépassé la quarantaine. Une mésalliance. Il a épousé une ancienne cuisinière de son père. Celui-ci, paraît-il, refusait de la voir, bien qu'ils vécussent dans la même maison.

— Elle est toujours à Vichy ?

— Je lui ai télégraphié, il y a quelques minutes. J'attends son arrivée… »

G. 7, que je ne quittais pas d'une semelle, parlait aux uns et aux autres, et peu à peu il parvenait à compléter le portrait des hôtes de la maison.

C'était lent. Chacun n'apportait au

tableau qu'une petite touche et souvent il fallait réviser l'ensemble.

Biget-Mareuil père, celui qui était mort un mois plus tôt, fut le premier à se préciser à notre esprit. Un grand bourgeois vieille race, celui-là, froid, sévère, impitoyable même.

C'était un Biget, qui avait épousé une Mareuil. Il menait assez grand train et un vieillard nous parla des réceptions qui se donnaient en l'hôtel de la rue Murillo, vingt-cinq ans plus tôt, alors que Mme Biget-Mareuil était toujours belle.

Car elle avait été une des plus jolies femmes de Paris.

Soudain les réceptions avaient cessé. On disait que son mari était devenu, du jour au lendemain, d'une jalousie féroce.

Mais la famille donna une explication plus simple et plus plausible. Mme Biget-Mareuil était en proie à un mal qui la rongeait lentement. Tuberculose ? Cancer ? Carie d'os ?

On n'en sut rien. Dans ce monde-là, on est avare de confidences. Elle vieillit rapidement, mourut dix ans plus tard, à peu près au moment où son mari était cloué dans sa chambre par la paralysie.

On nous dit que ces dernières années

furent insupportables pour son entourage, à cause de son caractère acariâtre, volontaire, de ses colères subites qui éclataient jusqu'à trois ou quatre fois par jour et dont on entendait les éclats dans la maison tout entière.

Biget-Mareuil fils ?

Le portrait qu'on nous en fit eut moins de relief. Il était plutôt de ceux dont on ne parle guère. Né dans une autre famille il eût fait, semble-t-il, un bon petit fonctionnaire.

Un homme médiocre. Pas de défauts saillants. Pas de qualités remarquables.

Il collectionnait les timbres-poste et ce fut sa plus grande satisfaction, car il paraît qu'il en possédait de remarquables, n'existant qu'en trois ou quatre exemplaires et valant des fortunes.

Le dernier renseignement qu'on nous donne est-il exact ? Toujours est-il que le trait suffit à lui seul à camper le bonhomme.

Il n'aurait jamais connu d'autre femme que la sienne. Il serait devenu son amant à dix-sept ou dix-huit ans, alors qu'elle était une jeune et accorte cuisinière, et cette idylle aurait duré jusqu'à sa maturité.

Sur les instances de la femme, il se serait alors décidé à l'épouser, bien qu'il eût toujours déclaré qu'il attendrait la mort de son père.

Elle arriva à midi, en auto. Une petite personne en deuil, plutôt vilaine, paraissant davantage que les cinquante ans qu'elle avouait. Un visage vulgaire, mais énergique. Une façon désagréable de se remuer tout le temps, de parler plus haut que les autres, d'apostropher les gens comme s'ils eussent été tous ses domestiques.

« Biget-Mareuil a certainement été attiré dans un guet-apens ! » affirma-t-elle.

Car elle avait l'habitude, commune à beaucoup de femmes du peuple qui font un mariage inespéré, d'appeler son mari par son nom de famille.

« Qu'est-ce qui vous fait supposer cela ?

— Supposer ? Mais j'affirme !... Depuis trois semaines, il n'était plus le même homme... Exactement depuis que, quelques jours après la mort du vieux, nous avons quitté Paris pour Vichy, où nous avons notre villa...

— Il était nerveux ?

— Il n'avait pas d'appétit. Et il parlait tous les jours d'un voyage qu'il devait faire à Paris pour affaires... Il se plaignait, prétendait que les formalités de succession sont un vrai casse-tête chinois et que cela n'en finirait jamais...

— Il n'a jamais parlé de se suicider ?

— Lui ? Se suicider ? Et pourquoi donc ? Il était heureux comme un coq en pâte... Et sans ces histoires de notaire... Mais je devine ce qui se passe... Le vieux ne pouvait pas me sentir et je parie qu'il s'est vengé de moi en laissant un testament compliqué... »

Les domestiques n'étaient pas encore à Paris. Nous vîmes le notaire, un homme calme, regardant la vie de très haut.

« Des complications ? Nullement ! Quelques legs à de vieux serviteurs... Mais M. Biget-Mareuil fils hérite normalement de toute la fortune de son père...

— Aucune clause spéciale ?

— Absolument aucune. Quant à la lettre contenant les dernières volontés, je ne l'ai pas lue... Je l'ai remise à M. Gérard.

— Il y avait une lettre !

— Le cas est fréquent. On ne sait ni où, ni quand on meurt, n'est-ce pas ? M. Biget-Mareuil avait accompagné son testament d'une lettre pour son fils...

— Celui-ci l'a lue devant vous ?

— Non...

— Vous ne vous doutez pas de...

— Je ne me doute de rien du tout... »

Trois jours après nous étions tout aussi avancés. Des policiers avaient fouillé les décombres de l'hôtel. Nous y avions pataugé des heures durant, G. 7 et moi.

Enfin les recherches faites pour retrouver M. Biget-Mareuil étaient restées vaines. On ne signalait son passage nulle part, ni dans les hôtels, ni dans les gares, ni aux frontières.

Je renonce à me faire l'écho des suppositions qui virent le jour. Il y en eut de toutes sortes, depuis celle qui voulait que, dans les caves, M. Biget-Mareuil, la fameuse nuit, fût en train de creuser sa propre tombe, jusqu'à celle qui l'accusait d'assassinat.

Mais assassinat de qui ?

La domesticité était au complet. M. Biget-Mareuil n'avait ni amis, ni maîtresses.

Oh ! les clameurs de l'ex-cuisinière quand G. 7 eut le culot de lui poser cette question !

Je crus qu'elle allait étouffer, ou étrangler mon compagnon !

Pas de cadavre dans les débris. Il est vrai que c'était un amoncellement de béton, de pierres, de briques, de planches et d'objets de toutes sortes, d'où émergeaient des bouts de ferraille tordue.

G. 7 ne me disait rien. Pourtant je sentais

qu'il avait son idée. Et il n'y eut aucun étonnement sur son visage le jour où Mme Biget-Mareuil vint nous mettre sous le nez — le mot décrit exactement le geste — un télégramme d'Athènes.

« Suis victime odieuse méprise stop *T'expliquerai plus tard* stop *Envoie urgence mandat télégraphique poste restante Athènes.*

« Gérard. »

Je ne sais pourquoi je me mis à rire, à l'idée du bonhomme qu'on nous avait décrit, circulant sans un sou dans les rues d'Athènes, sans bagage, sans passeport, et allant d'heure en heure à la poste demander si son mandat était arrivé.

**
* **

« En géométrie, me dit G. 7, après qu'il eut fait promettre à la visiteuse d'envoyer l'argent — ce que, soit dit en passant, elle hésitait à faire, ne voulant pas, comme elle l'affirmait, être la complice d'un criminel —, en géométrie, dis-je, quand on ne peut démontrer un théorème par l'enchaînement logique des déductions, on le démontre par l'absurde.

« C'est ce que j'ai fait en l'occurrence. Et la première vérité qui m'est apparue est que M. Biget-Mareuil ne creusait pas le sol pour cacher quelque chose. Sinon, il se fût contenté d'un trou.

« Ce qu'il voulait, c'était *trouver* quelque chose.

« Et quelque chose qu'il n'avait pas caché lui-même, puisqu'il n'en connaissait pas l'emplacement exact.

« Quelque chose, pourtant, d'assez compromettant pour que, surpris par la police, il ait eu l'idée de mettre le feu à la maison et de s'enfuir.

« Supposons un cadavre. C'est à peu près la seule chose répondant à ces conditions, l'idée de vol étant écartée par la richesse des Biget-Mareuil.

« Maintenant, souvenez-vous de la lettre remise par le notaire et de ce qu'on nous a dit des Biget-Mareuil père et mère.

— Le vieux qui aurait tué ? dis-je.

— On nous a affirmé qu'il était jaloux, que sa femme était très belle. On nous a dit aussi que les fêtes ont soudain cessé à l'hôtel et que Mme Biget-Mareuil, dès cet instant, s'est étiolée...

112

« Son mari la surprend avec un amant...

« Un seul moyen de se venger. Il tue l'homme. Il l'enterre ou le mure dans le sous-sol...

« Mais quand il disparaîtra, son fils ne vendra-t-il pas l'hôtel ? Ne découvrira-t-on pas un jour le cadavre ?...

« *Pas de scandale !* Dans ce monde-là, c'est le premier principe qui domine toute la vie d'une classe sociale... Le nom des Biget-Mareuil doit rester sans tache...

« Une lettre accompagne donc le testament. Elle enjoint au fils de ne jamais vendre l'hôtel, en aucun cas, et sans doute en dit-elle la raison...

« Seulement le dernier Biget-Mareuil n'est pas de la trempe des précédents. Un pauvre homme qui s'affole à l'idée qu'il y a un cadavre chez lui, qui ne pense qu'à s'en débarrasser, qui va à Vichy avec toute sa maison, malgré son deuil et les coutumes, afin de pouvoir revenir seul dans l'hôtel vide...

« Il cherche... On le surprend... La police partie, il cherche encore, ne trouve rien, s'énerve, craint de voir revenir le commissaire, n'imagine rien de mieux que de mettre le feu à l'immeuble tout entier...

« Et, effrayé de son acte, il prend le premier train venu, sans même penser qu'il a très peu d'argent en poche... »

On ne l'inquiéta pas. Deux semaines plus tard, sa femme allait le retrouver à Athènes, d'où le couple partit pour les Indes.

9

LE MAS COSTEFIGUES

C'ÉTAIT en juin, l'an dernier. J'en étais à mes premières expéditions avec G. 7.

Un soir il me téléphona :

« Je pars pour la Camargue. Un cambriolage. Mais ne vous dérangez que si vous tenez à voir le pays, car je crains que l'affaire soit assez peu passionnante. »

J'y allai. Et je ne devais pas le regretter. D'abord je visitai Aigues-Mortes, qui, dans sa ceinture de remparts, est bien une des villes les plus curieuses qui soient.

Le cambriolage avait eu lieu trois jours plus tôt, le 27 juin exactement, dans un mas situé à deux kilomètres de la ville, au bord du canal qui relie Aigues-Mortes à Grau-du-Roi, un port minuscule sur la Méditerranée, ou plus exactement tout au fond du golfe du Lion.

Le mas appartenait à un certain M. Costefigues, d'Avignon, qui n'y passait guère que quelques jours à la saison de la chasse aux canards.

Le reste de l'année, il était habité par un nommé Benoit et sa femme, qui étaient à la fois intendants, jardiniers et domestiques.

Le vol en lui-même n'était pas d'une importance considérable, mais les circonstances dans lesquelles il avait été commis avaient complètement bouleversé les autorités locales.

On avait enlevé de l'argenterie, trois fusils de plus ou moins de valeur, une assez grande quantité de linge, des vêtements et une foule incalculable de menus objets de toutes sortes.

Mais il convient d'abord de donner une idée du pays. Autrefois, la mer baignait les remparts d'Aigues-Mortes. Elle s'est retirée de près de six kilomètres, ne laissant derrière elle qu'une sorte de marécage où poussent des roseaux.

Ces marais ont été vaguement asséchés, et l'eau amenée dans un canal qui va se jeter dans la mer.

Au bout de ce canal, on a bâti une petite ville, qui vit de son port de pêche et de quelques baigneurs. C'est Grau-du-Roi.

Entre Aigues-Mortes et Grau-du-Roi, il n'y a donc rien, sinon le canal que longe un chemin surélevé et aux deux côtés duquel s'étalent des terres basses, détrempées et désertes.

Quelle lubie a eue M. Costefigues de construire un mas dans ce désert, sur la rive droite du canal? C'est son affaire. Il paraît que sa première idée était de se livrer à l'élevage des taureaux sauvages qui se pratique beaucoup dans la région, mais qu'il y a renoncé par la suite.

La maison est vaste, avec deux tourelles qui lui donnent un faux air de château. On est parvenu à faire pousser quelques arbres alentour, et à créer un semblant de parc.

L'été, la température est torride et il faut avoir connu les attaques massives des moustiques de là-bas pour parler en connaissance de cause de ces bestioles.

G. 7. et moi en fûmes littéralement dévorés et dès le lendemain de notre arrivée j'avais une joue déformée, lui un œil complètement fermé.

Le cambriolage avait donc eu lieu la nuit du 27 au 28. Cette nuit-là, commes les autres, Benoit et sa femme dormaient dans la maison, dans la chambre même de

117

M. Costefigues, ainsi qu'ils furent forcés de l'avouer.

La chambre se trouve au premier étage. Les fenêtres en étaient fermées, ainsi que les persiennes, à cause des moustiques dont j'ai déjà parlé.

Quant aux fenêtres du rez-de-chaussée, elles sont toutes munies de solides barreaux espacés seulement de quatorze centimètres. C'est pourtant par une de ces fenêtres, *et sans écarter les barreaux,* que les voleurs, ou du moins l'un d'eux, s'introduisirent dans la place.

Un enfant, sans doute, qui alla ensuite ouvrir la grande porte.

Pendant combien de temps les malfaiteurs travaillèrent-ils sans être dérangés ? Il ne fut pas possible de l'établir. Toujours est-il qu'à une heure exactement, Benoit s'éveilla en entendant un léger bruit sous le plancher, dans la pièce servant de salle à manger.

Il éveilla sa femme, prit son fusil et voulut sortir de la chambre. La clef de celle-ci se trouvait à l'intérieur. Or la porte résista et Benoit s'épuisa en vains efforts.

Il courut alors vers les fenêtres et il constata que les persiennes résistaient de même.

C'était inimaginable ! En bas, les voleurs

ne se gênaient pas, ne prenaient plus aucune précaution pour n'être pas entendus.

Ce ne fut qu'une bonne demi-heure plus tard que Benoit réussit à faire sortir la porte de ses gonds et il s'aperçut alors qu'elle avait été barrée de l'extérieur par une forte pièce de bois attachée en travers.

Il en était de même des fenêtres, qu'on avait atteintes à l'aide de l'échelle se trouvant en permanence dans le jardin.

Naturellement, les voleurs étaient loin. Les pièces étaient dévastées. Les bandits avaient travaillé à leur aise, ne négligeant pas le moindre recoin, pas un placard, emportant même des pots de confiture — au nombre de cent cinquante !

Le chien de garde était mort, empoisonné.

G. 7 semblait s'amuser beaucoup tandis qu'on lui racontait cette histoire.

« Et qu'a-t-on fait jusqu'ici ? demanda-t-il au brigadier de gendarmerie.

— Nous avons arrêté une douzaine de vagabonds, mais nous n'avons rien trouvé sur eux. Cinq roulottes de romanichels ont été fouillées. Et cela continue, car c'était le mois dernier la grande fête des Saintes-Maries-de-la-Mer, à quinze kilomètres d'ici, et la région est encore infestée de bohé-miens. Quel est votre avis, à vous ? »

Pauvre homme, qui s'imaginait que G. 7 prononcerait une seule parole ! Ou plutôt il en articula une, mais qui me parut mons-trueuse d'ironie :

« Continuez ! »

Je crois d'ailleurs qu'il n'était pas beau-coup plus avancé que le gendarme et que les recherches qu'il fit pendant toute la journée dans la maison furent sans résultat.

Dans le pays, des gens murmuraient que Benoit pourrait bien être un malin et avoir joué une petite comédie.

D'autres faisaient remarquer que M. Cos-tefigues, qui était marchand de vins, faisait d'assez mauvaises affaires, et que, comme la faillite était possible, il avait eu soin de procéder lui-même à son déménagement.

Que ne disait-on pas ?

Ce fut le lendemain que je fis, moi, une découverte, sans le vouloir, d'ailleurs. Je visitais Aigues-Mortes avec, à la main, le guide historique de la ville, quand, sur un des remparts, à hauteur d'homme à peu près, j'aperçus toute une série de signes gravés à la pointe du couteau.

J'eus un instant la naïveté de croire que ces signes étaient historiques, eux aussi.

Puis, quand un passant eut souri de ma bévue, je pensai à un jeu d'enfant.

Le hasard voulut que G. 7 me retrouvât juste à ce moment et, une demi-heure plus tard, un photographe opérait pour son compte, après quoi nous prenions à la gélatine l'empreinte de la pierre en question.

On trouvera l'image, reproduite aussi fidèlement que possible, à la figure nᵒ 1.

Fig. nᵒ 1

Le même jour, ordre était lancé à toutes les gendarmeries du Midi de rechercher sur les murs, sur les palissades, sur les pierres du chemin, voire sur le tronc des arbres des signes plus ou moins semblables à ceux des remparts.

Cet ordre était l'œuvre de G. 7 qui brava tranquillement le ridicule et qui, pendant quatre jours, fut la fable de la maréchaussée.

Car les rapports affluèrent ! Mais il y eut

ceci de curieux, c'est que, des points les plus divers, arrivait une même photographie, prise pourtant à des endroits différents par des gendarmes différents.

Je suppose qu'il s'agit d'un chapeau. On verra en tout cas le signe en question à la figure n° 2.

Fig. n° 2

G. 7 ne se donnait plus la peine de poursuivre ses recherches au mas Costefigues.

Il s'était installé dans un des bureaux de la gendarmerie d'Aigues-Mortes où il avait tout au moins l'avantage de jouir d'une température assez fraîche.

Des cars bondés d'Anglais et d'Allemands s'arrêtaient sans cesse sur la place, en face des fenêtres. Les visiteurs s'éparpillaient dans la ville et je me souviens d'un bonhomme au crâne rasé que je surpris alors qu'il semblait suprêmement intéressé par la pierre gravée.

« Le vol a eu lieu ? » me demanda-t-il avec un fort accent allemand.

Je fus très étonné. Mais il refusa de répondre à mes questions. Tout ce qu'il accepta de m'apprendre, c'est qu'il était médecin de campagne en Galicie.

Le cinquième jour, un rapport arriva de Carcassonne, plus intéressant que les précédents en ce sens que la photographie qui était jointe et qui avait été prise sur une des pierres de l'Hôtel de Ville même représentait autre chose que le sempiternel chapeau.

L'image est celle de la figure 3, sur laquelle G. 7 pâlit pendant plus de sept heures d'affilée et avec laquelle il se rendit enfin chez le curé.

Fig. n° 3

Entre-temps, on arrêtait toujours des vagabonds, des bohémiens. On visitait des roulottes et on interrogeait tous les suspects sur les grand-routes.

Costefigues, par le truchement d'un journal d'Avignon, accusait la police de mollesse et prétendait qu'il était inadmissible que, dans un pays aussi désert, on ne pût retrouver un butin abondant et varié comme celui qui provenait de son mas.

Cela amusa G. 7 qui, après sa visite au curé, m'annonça que nous n'avions plus qu'à rentrer à Paris.

« Vous renoncez à l'enquête ?

— Momentanément...

— Vous connaissez les voleurs ?

— Je sais en tout cas quand et où les retrouver... Ils se sont chargés de me le dire eux-mêmes...

— Et vous retrouverez aussi le butin ?

— A part peut-être la confiture, oui ! J'en suis convaincu ! »

Ce n'était ni l'avis des gendarmes, ni celui de Costefigues, et le journal d'Avignon s'en donna à cœur joie sur le dos de la police de Paris qui s'offrait, sous prétexte d'enquête, d'agréables villégiatures.

On publia même une caricature de G. 7 où celui-ci était représenté prenant un bain à Grau-du-Roi, dans une mer idéale. Et la légende, laconique, disait :

« Il cherche ! »

Pauvre G. 7 ! Il n'avait pourtant pris

qu'un bain, que la température saharienne excusait pleinement !

Pendant un mois, j'attendis que l'inspecteur me parlât de retourner en Camargue.

Puis je me dis qu'il s'agissait sans doute d'une défaite et qu'il était plus délicat de ma part de ne plus y faire allusion.

J'avais « séché » vainement sur les rébus.

Or, à des mois de là, un soir, selon son habitude, il me téléphona :

« Allô !... Un petit tour dans le Midi ? »

*
**

Le 25 décembre, à minuit, nous faisions les cent pas autour de l'église de Saintes-Maries-de-la-Mer. Des gendarmes en civil étaient postés aux quatre coins de la place.

A minuit dix, on cernait quatre roulottes de romanichels, qui, les unes venaient d'arriver, les autres étaient là depuis la veille, et on découvrait dans l'une d'elles, à de rares exceptions près, tous les objets volés au mas Costefigues.

« Il n'y a que deux signes qui m'aient donné du fil à retordre ! m'explique G. 7, tandis que nous soupions à l'auberge, après une tournée générale offerte aux gendarmes. C'est l'enfant en maillot d'abord, le second poignard ensuite.

« Le premier message est enfantin. Il suffit de connaître les mœurs des nomades, qui sont les mêmes aujourd'hui qu'au xvᵉ siècle.

« Le signe nᵒ 1 est l'emblème de celui qui a écrit. Un chaudron. Donc il s'agit d'un chaudronnier.

« Viennent la date (27 juin), puis la distance (2 kilomètres), puis la direction (traverser le canal), et enfin la désignation du lieu : une maison à deux tourelles.

« La clef signifie qu'il s'agit d'un vol avec effraction et le signe qui vient ensuite : que le rendez-vous aura lieu au coucher du soleil. Enfin, il y a un chien.

« La ligne du bas constitue la réponse, ou plutôt les réponses.

« Je m'explique. Un premier romanichel a écrit :

Le chaudronnier cherche des hommes pour commettre le 30 juin un vol avec effraction dans telle maison. Rendez-vous au coucher du soleil. Il y a un chien.

« D'autres bohémiens sont passés, qui ont

126

répondu. Chacun a mis son emblème sous le message, si bien que je savais d'avance qu'il s'agissait d'un barbu, d'un vannier, d'un charron et enfin d'un coutelier ou d'un rémouleur.

« Le premier voleur n'a eu qu'à passer quelques jours plus tard pour s'assurer qu'il disposerait des hommes nécessaires.

« Tout le reste est aussi dans la manière des bohémiens.

« Comme d'habitude, le partage ne devait avoir lieu que par la suite. Mais où ? Quand ?

« Partout un bicorne de gendarme, tracé la plupart du temps par des bohémiens tout à fait étrangers au vol, signifiait que la maréchaussée était sur les dents.

« On remit à plus tard. Lisez ainsi le dernier message :

Le chaudronnier, le jour de Noël (naissance de l'enfant), à l'église de la Mer, partagera.

« Je vous le répète, l'enfant me chiffonnait et c'est le curé qui a trouvé sa signification.

« Quant au poignard, j'ai cru longtemps

qu'il annonçait un crime, ou qu'il faisait allusion au premier rémouleur.

« Mais un couteau sert aussi à partager...

« Simple, n'est-ce pas ? »

10

LE CHATEAU DES DISPARUS

L'IMPRESSION est plus ou moins forte, selon les cas, mais, pour moi, elle reste toujours le souvenir le plus vif que je garde d'une enquête : le moment où l'on ne sait rien, où l'on n'a que les quelques données grossières qui sont parvenues à la police, où l'on imagine les personnages selon son tempérament et où l'on débarque dans un milieu nouveau, dans une région que l'on ne connaît pas, souvent.

Des agités vous attendent. La ville ou le village est en rumeur. Et cette rumeur cache des intérêts qu'il va falloir démêler.

On descend du train avec une petite angoisse, un peu, en somme, comme on jette des plaques sur le tapis vert.

Quand j'en ai parlé, un jour, à G. 7, il a laissé tomber :

« Littérature. »

Mais la preuve qu'il s'y laisse prendre tout comme moi, c'est que, à ces moments-là, il garde toujours le silence.

Cette fois, le décor, les moindres éléments du drame tel qu'il nous était présenté étaient bien faits pour impressionner. Le hasard voulait que nous arrivions à sept heures du soir, et, comme on était en octobre, il faisait nuit.

Un méchant autobus, d'abord, pour nous transporter de la ville au village. Là, des gens nous attendant, nous épiant, se mettent à nous suivre à distance dès que nous nous dirigeons, à pied, vers le château.

On devait être étonné que G. 7 n'interrogeât personne, qu'il allât droit au but en dédaignant les déclarations qu'eussent pu faire les paysans.

La campagne, dans l'obscurité. Des vols d'oiseaux, des bruits étranges pour les gens des villes...

Puis une allée sombre, bordée de peupliers courbés par le vent. Au bout de cette allée une masse noire, une tourelle se découpant sur les nuages gris, le point lumineux d'une fenêtre.

Ces ombres qui nous suivaient... Tout le

village devait être sur nos talons, silencieux, à distance…

Enfin le bruit du marteau que G. 7 souleva et laissa retomber lourdement…

Nous dûmes attendre cinq minutes pour le moins. Et je me souviens que mon compagnon tenait la main dans celle de ses poches où il a coutume de mettre son revolver. Nous ne pouvions savoir ce qui nous était réservé.

Ce que nous connaissions de l'affaire tenait du cauchemar, de la fantasmagorie ou du cabanon. En deux mots, trois hommes avaient subitement disparu, dans ce château sur le perron duquel nous nous trouvions. Et on accusait le quatrième du triple crime.

Or, ce quatrième était le châtelain, le comte de Buc, qui aurait, pour des raisons encore mystérieuses, donné la mort à ses domestiques.

Nous l'aperçûmes à une fenêtre sur le rebord de laquelle il se pencha. Le conducteur de l'autobus nous avait prévenus qu'il se défendrait sûrement à coups de fusil. Il n'en fut rien. Quelques instants plus tard, la porte s'entrouvrait. Nous distinguions une haute silhouette dans le noir du hall. Et une voix nous disait :

« Police, je suppose ? Veuillez vous donner la peine d'entrer, messieurs. »

La porte se referma sur nous. Puis, une autre fut poussée et nous nous trouvâmes dans une bibliothèque gothique qui était éclairée.

Le comte était grand, d'une pâleur qui devait être naturelle, avec des prunelles fatiguées, quelque chose de lassé dans toutes ses attitudes, ce qui lui donnait assez grand air. Il ne nous invita pas à nous asseoir, mais il nous désigna des chaises. Puis, sans transition, du bout des lèvres, en laissant tomber les mots négligemment, il fit son récit :

« Je vous attendais... Il était naturel que cette canaille — il désignait le parc où les paysans formaient une masse silencieuse dans la nuit — s'occupât de mes affaires... »

Il ne s'asseyait pas. Il marchait de long en large.

« Si nous étions toujours au Mexique, je ne vous aurais pas ouvert ma porte et je vous aurais envoyé quelques balles de gros calibre... Car, là-bas, j'avais pour principe de m'occuper moi-même de mes affaires...

« Mais il faut que je me réhabitue à la France et à ses mœurs...

« Puis-je vous demander cependant quel grade vous avez dans la police ?

— Inspecteur… laissa tomber G. 7.

— Est-ce suffisant pour que je n'aie pas à recommencer dix fois mon récit, chaque fois devant un personnage un peu plus hiérarchiquement important ?… J'ai horreur des formalités… J'ai vécu pendant vingt-cinq ans dans une des régions les plus désertes du monde, là-bas, vers les bouches du Rio Grande… Et j'aime autant vous dire que, quand un monsieur venait, au nom d'un quelconque gouvernement, pour lever des impôts ou pour des chinoiseries de ce genre, nous lui donnions à choisir entre une balle dans la tête et la fuite…

« Lorsque j'ai quitté la France, j'étais ruiné. Il me restait juste ce vieux château, qui n'est lui-même qu'une ruine…

« J'emmenais un domestique, Vachet, qui est resté avec moi jusqu'à ces derniers temps…

« J'ai fait de tout, là-bas, de l'élevage et de la prospection, du caoutchouc et des cultures invraisemblables. J'ai fini par trouver une mine d'argent et je suis devenu très riche…

« Je vous ai parlé de ma solitude. Pour toute compagnie digne de ce nom, j'avais

Vachet, ainsi que trois hommes qui furent à la fois mes compagnons d'aventures et mes valets…

« Juan, l'Espagnol… Un gros Hollandais appelé Peter… Enfin une espèce de hors-la-loi américain, John Smitt…

« Nous avons pour ainsi dire toujours vécu ensemble. Ensemble nous buvions, jouions aux cartes. Ensemble, quand la solitude nous pesait, nous allions à cheval à la ville voisine, distante de soixante-dix milles…

« A cinquante ans, le mal du pays m'a pris… Je suis revenu… Je me suis installé ici avec mes quatre hommes, et la première chose que Vachet a faite a été de me quitter en emportant quelques milliers de francs. Je n'ai pas porté plainte… Ce n'est pas une histoire pour la police française…

« Après trois semaines, je ne me sentis pas bien. Je vis un médecin qui, ne connaissant rien de ma vie, m'affirma que j'avais toujours eu le cœur faible et que la moindre émotion me tuerait… »

Le comte ricana. Il semblait dominer tout ce qui était autour de lui. Il parlait comme un géant égaré parmi des pygmées.

« Que voulez-vous ? Ces gens-là vous impressionnent quand même… Je ne me connais pas de famille, mais je suis bien sûr que si je mourais, de vagues cousins sortiraient de leur trou pour se disputer ma fortune. Alors je me suis décidé à faire un testament en faveur de mes trois compagnons restés fidèles et qui, du moins, ont participé à l'édification de cette fortune, qui ont souffert de la faim, de la chaleur, des moustiques et d'un tas d'autres choses encore avec moi...

« J'avais confiance en eux... J'ai eu le malheur de leur montrer le testament...

« Huit jours plus tard, je fus pris de malaise après un repas...

« Le lendemain, mon mal empirait...

« Le surlendemain, en analysant moi-même mes aliments, j'y trouvai de l'arsenic...

« Compris ? Du moment qu'ils étaient mes héritiers, mes trois lascars entendaient l'être au plus vite...

« Je vous ai dit que, là-bas, je rendais moi-même la justice. J'en ai fait autant ici. Je les ai bouclés. Et je les soumis à quelques petites tortures que vous ne comprendriez pas...

« Ces imbéciles de paysans se sont émus de ne pas les revoir... Je m'y attendais... Je vous attendais...

« Puisque, en France, c'est la police qui s'occupe de ces choses-là — ce qui, soit dit en passant, est ridicule —, emportez-les, faites-en ce qu'il vous plaira...

« Voici la clef... Ils sont dans la quatrième cave, celle qui n'a pas de soupirail... »

Et l'homme, allumant un cigare, nous proposa :

« Vous voulez que je vous montre le chemin ?... Oh ! ne craignez rien ! Ils ne sont pas morts... Nous avons les uns comme les autres la vie plus dure que cela... »

Je ne suis pas de taille à décrire cette atmosphère, pas plus qu'à donner une idée de mes impressions. Moins de cinq minutes plus tard, une lampe électrique à la main, nous étions dans les caves et nous délivrions les trois hommes.

Pas un mot de leur part ! Pas un cri d'indignation !

Comme le comte l'avait dit lui-même, la mentalité de ces gens-là n'était pas à notre portée.

On les conduisit dans la bibliothèque. Ils étaient piteux, les vêtements sales, déchirés, les barbes longues, avec quelque chose de hargneux dans le pli des lèvres, dans la façon de se tenir.

« Vous êtes accusés tous trois d'avoir

tenté d'empoisonner le comte de Buc... »,
prononça G. 7, qui ne me parut pas plus à
son aise que moi.

L'un d'eux, l'Espagnol, ouvrit la bouche,
la referma comme s'il eût jugé préférable de
ne rien dire.

Mais l'Américain, lui, s'approcha furtivement de l'inspecteur. Il lui souffla :

« Vous n'avez pas compris ?... »

Et, avec crainte, de façon à n'être pas vu
du comte, il montra son front de l'index, en
un geste significatif.

« Veuillez me laisser seul un instant avec
ces hommes ! » dit alors G. 7 en s'adressant
au châtelain.

Celui-ci sourit, haussa les épaules, sortit,
et nous entendîmes ses pas sur les dalles du
hall.

« Fou ! vous comprenez !... expliqua
l'Américain avec un fort accent. Cela lui a
pris dès notre retour en France... Il croit que
tout le monde lui en veut, surtout nous...

« Il ne vit plus qu'avec un revolver dans
chaque poche... C'est même pour cela que
Vachet est parti...

« Nous, nous sommes restés, pour essayer
de le ramener à la raison... Mais il nous
épiait sans cesse. Il se croyait du matin au
soir et du soir au matin en danger de mort...

« Par ruse, il nous a attirés à la cave... Il nous y a enfermés...

« C'est un malheureux... Avant cela, il était bon pour nous... Nous étions plutôt comme des camarades, là-bas, que comme supérieur et inférieurs...

« Ce qu'il lui faut, c'est du repos, des soins... »

Et les paysans qui attendaient toujours dehors, dans le brouillard qui était tombé sur le parc !

« Il y a combien de temps que Vachet est parti ? questionna G. 7.

— Trois jours après notre arrivée en France.

— Comment était-il ?

— Petit, très gros...

— Il avait de la famille quelque part ?

— Sais pas... Il a dit que ça le dégoûtait d'être traité ainsi... Il est parti sans dire où il allait...

— Le comte était déjà fou ?

— Bien sûr... Dès qu'il a été sur le bateau, en somme, il a changé...

— Et là-bas, au Mexique, rien ne laissait prévoir cette folie ?

— Rien... C'est l'air du pays, sans doute... Et dans la cave, il nous a torturés... Nous ne voulons pas qu'il ait des ennuis... Il

138

faut qu'on le soigne... Vous comprenez ?... Il n'est pas responsable...

— En somme, ce qu'il lui faut, fit négligemment G. 7, c'est la maison de santé... »

Ils opinèrent tous ensemble.

Mon compagnon alla ouvrir la porte, appela :

« Monsieur le comte... Veuillez venir un instant, s'il vous plaît... »

Celui-ci parut, un sourire sarcastique aux lèvres. Ses premiers mots furent :

« Ils vous ont dit que j'étais fou, n'est-ce pas ?

— C'est cela même !... Ils ont ajouté que vous avez assassiné Vachet... »

Je ne comprenais plus. J'avais la gorge serrée. Je regardais autour de moi comme si je me fusse débattu dans un cauchemar.

***

Le châtelain était devenu pâle, en dépit de son sourire qu'il s'efforça d'accuser.

« Remarquez que je ne les crois pas... dit l'inspecteur. Je les crois d'autant moins que je sais où Vachet se trouve... »

Cette fois, ils furent quatre à tressaillir, à regarder tous ensemble mon compagnon.

« Quand le comte est-il mort ? » questionna celui-ci d'une voix sèche.

L'Américain fut le plus beau joueur. Tandis que le pseudo-comte s'indignait, tandis que les deux autres regardaient autour d'eux comme pour chercher le moyen de fuir, il laissa tomber en tendant ses deux mains d'un geste machinal :

« *Faits...* »

*
* *

Le comte de Buc était enterré dans le potager. L'autopsie devait confirmer par la suite l'affirmation de l'Américain. Il était mort d'une crise cardiaque, le lendemain de son arrivée au château.

« Ce qui ne veut pas dire, m'expliquait G. 7, tandis que nous roulions vers Paris, qu'ils ne l'eussent pas tué si cette mort ne s'était produite juste à point. Mais c'est là pure supposition.

« Le comte arrive en France avec ses quatre compagnons. Il y a vingt-cinq ans qu'il a quitté le pays, où il n'a pas de famille directe...

« Au village même, on l'a oublié...

« Il meurt dès son arrivée et, comme le testament n'est pas encore fait, les autres

140

enragent à l'idée qu'ils ont perdu à la fois leur situation et toute chance d'hériter...

« Vachet est le seul Français, le seul à connaître le village... On enterre furtivement le comte...

« Le domestique prend sa place et passe pour avoir quitté la région.

« On a soin de nous le décrire petit et gros, remarquez-le, pour écarter tout soupçon, car le comte était grand et maigre... Cela m'a mis la puce à l'oreille... Je me méfie des antithèses.

« Vachet joue très bien son rôle... Les autres feignent de le servir... Que se passe-t-il ensuite ? Quelle dispute éclate entre eux ?...

« Je crois plutôt que notre Vachet se laisse tellement prendre à la fable qu'il en devient fou, qu'il se croit comte de Buc pour de bon...

« Ses complices se moquent de lui. S'ils paraissent le respecter en public, derrière les murs du château ils ne sont plus que des égaux.

« Vachet se fâche. Ils s'indignent... L'autre, de plus en plus comte, les enferme...

« Et quand l'affaire est découverte les trois hommes, plutôt que de vendre la mèche — ce qui serait la ruine de leurs espoirs — essaient de faire enfermer leur complice…

« Dans une maison de santé, il ne sera plus dangereux… Ils resteront les vrais maîtres du château…

« Le coup a raté. Ils ont avoué… »

11

LE SECRET DU FORT BAYARD

NOUS n'avons pas assisté au plus terrible de l'aventure, G. 7 et moi. Et pourtant elle reste pour moi le plus poignant des cauchemars, et la plus sinistre des prisons me semble un endroit riant, à côté du fort Bayard.

C'est en face de La Rochelle, dans l'Océan. Deux grandes îles, Ré et Oléron, s'étirent parallèlement à la côte, bouclant ainsi une rade magnifique, qui fut jadis un point stratégique important. Napoléon, entre autres, y a semé des forts qui se dressent encore au milieu des flots et dont le plus célèbre est le fort Bayard.

Au centre de la rade enfin, à un mille à peine de Bayard, est plantée l'île d'Aix, sur laquelle une centaine d'habitants vivent de la pêche et surtout des huîtres.

Le décor est âpre, même à la belle saison. En novembre, il est sinistre, car l'Océan enfle la voix et les gens de l'île d'Aix restent parfois des semaines sans communication avec la côte.

Lorsque nous arrivâmes, l'effervescence provoquée par l'*affaire* n'était pas apaisée, mais le plus dur était passé.

Nous débarquâmes dans l'île d'Aix un midi brumeux, et dans les maisons les lampes à pétrole étaient allumées, si bien qu'on eût pu se croire au crépuscule.

G. 7 se fit désigner la demeure de George, le seul pêcheur de l'île possédant un petit cotre, avec lequel il faisait le chalut.

Et nous trouvâmes chez lui, devant le feu, entouré de sa femme et de trois enfants, un homme de quarante ans, grand, fort, rude d'aspect, mais d'un calme déroutant.

La rumeur publique l'accusait, pourtant, et d'un crime odieux ! Il me sembla que la femme avait les yeux comme éteints, que les gosses eux-mêmes étaient écrasés par l'atmosphère de suspicion qui pesait sur la maison.

Il y eut peu de paroles échangées.

« Voulez-vous nous conduire au fort ? »

George ne tressaillit pas.

« Maintenant ?

— Maintenant, oui. »

G. 7 montra sa médaille. L'homme se leva, décrocha un ciré qu'il jeta sur ses épaules, troqua ses sabots contre des bottes. Il regarda un instant nos vêtements de ville, puis haussa les épaules comme pour dire :

« Tant pis ! »

Un quart d'heure plus tard, sur le pont du cotre où nous devions nous raccrocher aux haubans, nous tanguions sans répit, les yeux rivés aux murailles noires du fort Bayard qui se dessinaient peu à peu dans la brume.

A la barre, George ne desserrait pas les dents et j'étais presque angoissé par le calme qu'il y avait dans les prunelles bleues de cet homme.

Huit jours plus tôt, un yacht qui croisait dans les parages s'était amarré à l'échelle de fer qui subsiste encore sur un des murs du fort Bayard.

L'endroit est mauvais, semé de roches. Les pêcheurs n'y vont qu'en cas de nécessité.

Les murailles, au surplus, menacent ruine, et bien qu'une étroite ouverture permette de pénétrer dans ce qui reste du fort, nul n'a jamais la curiosité d'y entrer, par crainte de recevoir sur la tête une des pierres qui se détachent parfois.

145

Les occupants du yacht, étrangers à la région, n'eurent pas la même prudence, et c'est ainsi qu'ils firent la monstrueuse découverte.

Un être vivant dans le fort! Un être humain! Une femme!

Il faut avoir vu les lieux pour se rendre compte de ce que représentent ces mots.

Maintes fois on s'est apitoyé dans les journaux sur le sort des gardiens de phares, isolés dans l'Océan. Mais du moins les phares sont-ils habitables! Du moins des hommes y viennent-ils parfois!

Au fort Bayard, le vent s'engouffre par cent ouvertures. La pluie traverse un toit dont il ne reste que quelques poutres.

La femme ne portait aucun vêtement et son premier mouvement fut de fuir quand elle vit des étrangers.

Et tandis que maintenant, nous voguions vers ce qui avait été sa prison, elle était dans une maison de santé, à La Rochelle, entourée de médecins.

Elle avait dix-huit ans. Une jeune fille.

Mais quelle jeune fille! Ne connaissant rien du langage humain! Lançant autour d'elle des regards anxieux d'animal traqué! Se jetant avec voracité sur la nourriture!

Je l'ai dit en commençant : nous arrivions alors que l'affaire était presque terminée.

La photographie de la jeune fille avait paru dans les journaux.

Et déjà, d'Amsterdam, un homme était arrivé, qui l'avait reconnue, qui avait mis un nom sur ce visage énigmatique : Clara Van Gindertael.

« Voulez-vous saisir l'échelle... »

George se cramponnait à la barre. Nous étions arrivés au fort, contre lequel le ressac menaçait de briser notre bateau.

G. 7 saisit un échelon de fer, y passa une amarre.

Et ce fut la visite des lieux. Comment dire ? Une prison ? Même pas ! Les prisons ont un toit !

Quatre vieilles murailles. Des pierres éboulées. Des herbes marines. Des détritus de toutes sortes.

J'imaginais la jeune fille blottie dans quelque coin...

J'essayais d'imaginer l'homme qui lui apportait régulièrement de la nourriture et machinalement je me tournais vers George, qui restait comme étranger à ce qui nous entourait.

Quand les propriétaires du yacht avaient découvert Clara Van Gindertael, il y avait auprès d'elle des provisions qui ne dataient pas d'un mois.

La rumeur publique accusait le pêcheur, car on se souvenait que, malgré les dangers de ces parages, il était le seul à traîner son chalut autour du fort.

Je scrutais ses traits. Je me demandais s'il était possible que cet homme que j'avais vu un peu plus tôt au milieu de ses enfants, fût venu là, depuis treize ans, apporter de mois en mois des vivres à un être humain.

Treize ans ! Clara avait alors cinq ans ! L'âge des enfants de George !

C'était odieux ! Je souffrais. J'avais hâte d'être loin de ce fort maudit.

Déjà le pêcheur avait été interrogé par les magistrats. Et ses réponses n'avaient apporté aucune lumière :

« Je ne sais rien ! Je n'ai jamais vu celle dont vous parlez ! Je pêchais autour du fort, mais je ne mettais par les pieds dans celui-ci... »

Il achevait ses dépositions par une question qui n'était pas sans embarrasser les enquêteurs.

« Où aurais-je été chercher cette fillette ? »

Le fait est qu'elle avait été enlevée à Paris, où George n'était jamais allé. G. 7

m'avait montré une vieille coupure de journal qui relatait ce rapt.

« *Un enlèvement mystérieux a eu lieu hier dans un hôtel de l'avenue Friedland.*

« *Depuis quelques jours, un Hollandais, M. Pieter Claessens, occupait dans cet hôtel, au premier étage, un appartement qu'il partageait avec sa nièce, Clara Van Gindertael, âgée de cinq ans, dont il est le tuteur, car l'enfant est orpheline.*

« *Le valet de chambre prenait soin de l'enfant.*

« *Hier donc, comme M. Claessens était sorti, ce domestique descendit aux cuisines où il resta une heure environ, laissant l'enfant seule dans l'appartement. Quand il revint, elle avait disparu.*

« *Le signalement de la fillette est le suivant : assez grande pour son âge, mince, blonde, yeux bleus, portant une robe de soie blanche, des chaussettes blanches et des chaussures de vernis noir.*

« *La police a ouvert une enquête.* »

Pieter Claessens était arrivé à La Rochelle trois jours après la découverte de celle qui n'était à ce moment, selon l'expression des journaux, que *l'inconnue du fort Bayard.*

Il avait lu le récit de l'étrange découverte des yachtsmen dans les journaux. Ceux-ci avaient publié une photographie de la jeune fille.

Ils avaient signalé en outre qu'elle portait au poignet gauche la cicatrice d'une brûlure ancienne.

C'est ce qui servit surtout au tuteur pour identifier la jeune fille, qui déclara que la brûlure avait été occasionnée, quand l'enfant n'avait que quatre ans, par l'explosion d'un réchaud à alcool.

L'affaire en était là. Et on imagine sans peine les questions multiples qui se posaient.

Qui avait enlevé Clara Van Gindertael, treize ans plus tôt ?

Pourquoi l'avait-on amenée au fort Bayard ?

Qui lui avait apporté régulièrement de la nourriture ?

Quels intérêts s'agitaient derrière ce drame hallucinant ?

La principale intéressée, la victime, ne pouvait rien dire. De l'avis des médecins, plusieurs années seraient nécessaires pour faire d'elle un être normal, et certains spécialistes doutaient même du succès.

Des reporters s'étaient abattus sur le fort

Bayard. Des photographies des lieux avaient paru dans tous les quotidiens.

Les hypothèses les plus invraisemblables avaient été émises.

Enfin, on s'étonnait surtout de voir George en liberté. Je savais, moi, que c'était sur la demande expresse de G. 7, qui avait télégraphié de Paris à La Rochelle, dès qu'il avait eu vent de l'affaire.

Quelle était son opinion ? Et pourquoi notre première démarche était-elle pour visiter le fort, alors qu'il m'eût semblé plus logique de voir d'abord la victime elle-même, d'autant plus que nous avions dû passer par La Rochelle ?

Je n'en sais rien.

G. 7 était aussi calme que le marin.

Et les deux hommes n'étaient pas sans avoir certains points de ressemblance. Ils étaient l'un comme l'autre avares de paroles. Ils avaient les mêmes prunelles claires, la même stature puissante.

— Est-ce que leur silence, à l'un comme à l'autre, était un défi ?

J'étais mal à l'aise. J'errais maladroitement dans ce carré entouré de murs où mes pieds glissaient sur des algues. Et les boîtes à conserve vides avaient ici une signification autrement sinistre qu'ailleurs !

Il y en avait un monceau.

L'obscurité commençait déjà à nous entourer, alors qu'il n'était pas trois heures. Nous entendions les heurts de la coque du bateau contre la muraille, à chaque lame.

G. 7, lui, allait et venait à pas lents, tête basse.

« Il y a combien de temps que vous êtes marié ? » questionna-t-il soudain en se tournant vers George.

Celui-ci tressaillit, répondit vivement :

« Dix-huit ans...

— Vous... vous aimez votre femme ?... »

Je vis s'agiter la pomme d'Adam du pêcheur, qui fut quelques instants sans pouvoir parler. Enfin, je distinguai dans un sourd murmure :

« ... et les petits...

— Allons ! » conclut G. 7 d'une façon inattendue en se dirigeant vers la seule brèche par laquelle nous pouvions accéder au cotre.

Et il me prit le bras. Il me souffla, tandis que George hissait les voiles :

« L'affaire ne fait que commencer ! »

La suite de son discours, je l'entendis par bribes, dans la tempête qui se levait, tandis que je gardais les yeux rivés sur George, immobile à l'arrière, roidi par son ciré, la barre entre les jambes, l'attention concentrée sur le gonflement de la voile.

* *
*

« Le coupable s'est trahi lui-même, voyez-vous ! Relisez la coupure du journal que je vous ai communiquée. Relisez le signalement de la fillette. Il s'agissait à ce moment de donner un signalement aussi complet que possible, permettant de la retrouver, n'est-ce pas ? On parle des souliers, des chaussettes ! Et on ne parle pas de la brûlure au poignet, *parce qu'elle n'existe pas encore.*

« Grâce à cela, je savais la vérité avant de venir.

« Ecoutez plutôt... Pieter Claessens, qui n'a pas de fortune personnelle, est à la fois l'oncle et le tuteur de Clara, qui, elle, est très riche... Il est en même temps l'héritier de l'enfant...

« A-t-il peur d'un crime à proprement parler ?... Craint-il qu'on l'accuse ?... Je n'en sais rien...

« Toujours est-il qu'il enferme ou fait enfermer Clara au fort Bayard où il la livre en quelque sorte à son sort...

« Elle y mourra fatalement...

« En attendant, après les délais légaux, il hérite. Il retourne dans son pays. Il ne se soucie pas de l'enfant...

« Pourquoi, soudain, après treize années, éprouve-t-il le besoin de savoir ce qu'elle est devenue, de s'assurer qu'elle est bien morte ?

« Je parie tout ce que vous voulez qu'il y a en perspective un héritage que la jeune fille seule peut toucher...

« Claessens se dit qu'elle est peut-être vivante, que des gens peuvent l'avoir recueillie... Il revient voir... Au fort Bayard, il la retrouve...

« Mais encore lui faut-il la retrouver *officiellement*. Encore faut-il officiellement *la reconnaître*.

« Une seule ressemblance, après tant d'années, ne suffira pas à la Justice... Une marque vaut mieux... Une cicatrice, par exemple...

« Il n'y a qu'à brûler le poignet de la jeune fille...

« Claessens retourne en Hollande. Des complices jouent la comédie du yacht et de la découverte.

« Les journaux signalent celle-ci.

« Il accourt... Trop vite, d'ailleurs ! Et il

met aussitôt en avant cette histoire de cicatrice...

« C'est la faute ! Je le répète, si elle avait existé lors du rapt, il en aurait été question dans le signalement...

« Comprenez-vous maintenant que l'affaire ne fasse que commencer ? L'homme se croit tranquille, à l'abri de tout soupçon...

« Un autre est accusé...

— George ? » questionnai-je.

G. 7 regarda le pêcheur, baissa la voix.

« Et il ne parlera pas !... Pourquoi ?... Il a découvert l'enfant, jadis, par hasard... Il a caché cette découverte, pour des motifs que je ne m'explique pas très bien... Ces simples ont parfois une âme horriblement compliquée. A-t-il craint qu'on traite son récit de fable ?... Encore une fois, je l'ignore... Il a nourri l'enfant, qui peu à peu est devenue femme...

« Commencez-vous à deviner ?...

« C'est monstrueux, je sais !

« Clara, dit-on, en dépit de son étrange vie, est belle...

« Et cet homme venait ici chaque mois, chaque semaine...

« Il a succombé à la tentation. Depuis combien de temps ?... Il ne le dira pas... Il ne dira rien que contraint et forcé... »

Jusque-là, je n'avais cessé de regarder George. Je me tournai brusquement vers la mer, et ce fut un soulagement pour moi de m'annihiler en quelque sorte dans le vacarme des éléments déchaînés.

12

LE DRAME DE DUNKERQUE

IL s'appelait Simon Cohen. Nous ne l'avons vu, G. 7 et moi, ni vivant, ni mort. Quand nous arrivâmes à Dunkerque, des tas de gens avaient, si je puis dire, piétiné le terrain : policiers, magistrats, médecins et experts.

C'est l'habituel handicap de G. 7, qui n'est lancé sur une affaire, surtout en province, que quand celle-ci, après plusieurs jours, parfois après plusieurs semaines, paraît trop embrouillée aux compétences locales.

Nous ne vîmes donc pas la victime, Simon Cohen. Mais nous vîmes ses magasins, son portrait, sa chambre et surtout ses cousins. Enfin, nous entendîmes parler de lui.

Il ne nous fallait pas beaucoup d'imagination pour reconstituer l'étrange figure du bonhomme.

Son métier, la façon dont il l'avait organisé étaient déjà tout un poème : Simon Cohen guettait les navires qui arrivaient dans le port. Les ancres étaient à peine mouillées qu'il était à bord, sans seulement qu'on l'y eût vu monter, la plupart du temps.

Il avait les poches pleines de cartes commerciales dont l'originalité était, alors que le même nom de Simon Cohen y figurait, de porter trois adresses différentes.

Quand la vedette de la douane arrivait — et elle ne laisse guère aux équipages des navires le temps de respirer ! — Simon avait presque toujours achevé sa tâche.

Et cela d'une façon si discrète, que les intéressés seuls l'avaient remarqué.

D'abord, il savait quelles denrées manquaient à bord, à qui il fallait donner un pourboire pour obtenir la fourniture — et c'était chose faite !

Carte nº 1 : *Maison Cohen — Comestibles en gros — Pétroles et essences — Vins, liqueurs et spiritueux — 22, quai de la Mégisserie.*

Ce n'était pas tout. Simon savait aussi ce qu'il y avait à bord en fait de vieux cordages, de ferrailles, de rebuts. Et c'était déjà racheté.

Seconde carte : *Maison Cohen — Métaux, Cordages — Neuf et occasion — 17, rue Sainte-Barbe.*

Enfin, la tâche la plus délicate : Simon, les doigts grattant son menton aux poils blonds et clairsemés, accostait les officiers, les quartiers-maîtres. Il parlait bas. Peu importait la langue de ses interlocuteurs. Il pouvait traiter avec les Anglais, les Suédois, les Allemands, les Grecs ou les Turcs.

Quand il s'en allait, il avait racheté une ou deux lignes de loch, voire un chronomètre, un sextant ou quelque autre instrument de précision.

Troisième carte : *Maison Cohen — Objets d'art — Lunetterie — Optique — 18, quai de la Mégisserie.*

Tout cela, il le faisait sans bruit, tout seul. Je le répète : un bateau n'était pas arrivé d'une heure, que Simon avait terminé sa besogne et qu'il s'en allait avec son même air modeste et effacé.

Il regagnait une de ses trois maisons : la boutique de comestibles, où les denrées s'entassaient par caisses et par sacs ; la lunetterie, dont la vitrine n'avait pas deux mètres de large, alors qu'elle contenait pour une fortune d'instruments de haute précision ; le magasin aux vieilles ferrailles et aux cordages enfin, lieu de prédilection de Cohen, vaste hangar plein jusqu'au plafond d'ancres, de cabestans, d'aussières, de treuils, de poulies.

Il avait, par surcroît, de vieux canots sur l'eau, des moteurs démontés, des machines ahurissantes.

Il connaissait par leur nom des centaines de bateaux. Et, à bord de chacun, il y avait un ou plusieurs hommes qu'une indiscrétion de Simon eût déshonorés.

Non seulement ces hommes étaient satisfaits de recevoir des factures truquées, mais des officiers, des capitaines parfois, se laissaient tenter, vendaient à Simon une ligne de loch, un compas, voire une chaloupe, qui étaient ensuite portés au livre de bord comme perdus ou hors d'usage.

Au demeurant, tout le monde nous l'affirma, Cohen était un petit homme sale, débraillé, avec des chemises douteuses, des poils roux sur les mains, un maintien modeste, presque honteux.

On ne lui connaissait aucun vice, aucune passion. Il était célibataire. Et il venait de quelque pays du Nord, la Lettonie, ou l'Estonie, ou la Finlande, à moins que ce soit la Russie.

Des gens étaient arrivés après lui un à un, qui étaient devenus les rouages de l'organisation de Simon.

Ils s'appelaient tous Cohen. Ils étaient à peu près du même calibre. Mais chacun restait parqué dans sa spécialité, l'un dans l'épicerie, l'autre dans les pétroles et essences, et ainsi de suite.

Or donc, huit jours avant notre arrivée à Dunkerque, Cohen avait été assassiné.

L'événement avait eu lieu quai de la Mégisserie. Car, alors que les locaux de la maison de comestibles, rue Sainte-Barbe, étaient beaucoup plus spacieux, Simon avait installé son home derrière le vaste hangar aux cordages et à la ferraille.

Il y avait là, délimités par des cloisons en planches ayant appartenu à un navire, un bureau étroit — une table, deux chaises et un coffre-fort — et une pièce qui servait de

161

chambre à coucher, de salle à manger et de salon.

C'est dans le bureau qu'un matin, Simon Cohen avait été trouvé mort, un couteau de marin planté entre les omoplates.

On nous montra l'endroit exact, en face du coffre-fort dont la porte était encore ouverte.

C'est un de ses cousins qui, vers dix heures du matin, étonné de ne pas voir Simon, s'en vint au hangar, pénétra dans le bureau, découvrit le corps et donna l'alarme... Un médecin, qui examina le corps aussitôt, affirma que la mort remontait à la veille au soir. Il découvrit aussi que Cohen avait été assommé d'un coup de poing en plein visage avant d'être atteint par le couteau...

Nous trouvions malheureusement la besogne mâchée. Sur le bureau du juge d'instruction, il y avait déjà un dossier volumineux, avec des rapports de police et des rapports d'experts.

Nous savions que le coffre n'avait pas été fracturé, mais ouvert avec sa clef. Nous savions aussi que tout ce qu'il contenait, y compris des papiers sans importance, avait disparu.

Enfin, on nous servait un prévenu, un

162

quartier-maître, arrêté dès le lendemain du crime.

C'était un Anglais, un nommé Dickson, qui avoua que la veille au soir il était allé au rendez-vous que le Juif lui avait donné quelques heures plus tôt, lors de sa visite à bord de l'*Aquitan*.

L'*Aquitan* venait d'Angleterre avec une cargaison de charbon. Selon son habitude, Simon avait grimpé à bord et s'était livré à sa mystérieuse besogne.

Dickson s'était approché de lui, lui avait parlé bas.

« J'avais besoin d'argent ! dit-il à l'instruction. Des bêtises que j'ai faites la veille du départ. Toute l'avance de paie pour un mois y a passé et je n'avais plus rien à envoyer à la femme et aux enfants... »

Car Dickson était marié et habitait un petit cottage propret aux environs de Richmond. C'était un bon marin, généralement sobre. On avait été étonné de le voir rentrer ivre à bord lorsqu'on avait appareillé.

« Je savais que Simon rachetait n'importe quoi... Alors, comme j'avais mis de côté un sextant presque neuf...

— Qui appartenait à qui ?

— A la Compagnie !

— Donc, vous avez volé !... »

Dickson baissa la tête.

« C'est la première fois... Et pourtant, presque tous les autres le font... Vous comprenez ! Il y a tant de matériel à bord !...

— Vous avez conclu le marché avec le Juif ?

— Il n'a pas voulu me dire de prix. Il m'a donné rendez-vous quai de la Mégisserie pour le soir... J'y suis allé à six heures exactement, avec le sextant... Il valait au moins vingt livres. Et ce voleur a osé m'en offrir quatre-vingts francs... Comprenez-vous ?... Je l'avais à la main... Ou plutôt il l'avait déjà dans les siennes qui étaient sales... Je ne pouvais pas reporter l'objet à bord... Je risquais de me faire prendre. Quatre-vingts francs !... Je n'aurais rien pu faire avec cela !...

« Il le savait !... Il me regardait tranquillement, sûr que je serais bien obligé d'y passer...

« Alors, je ne sais ce qui m'a pris... Je me suis jeté sur lui. Je lui ai envoyé mon poing en pleine figure et il a roulé par terre.

« Je ne pensais pas à le voler. Ce n'est qu'après coup que j'ai aperçu le coffre-fort qu'il avait ouvert pour y prendre les quatre-vingts francs.

164

« J'ai rempli mes poches... Je me suis sauvé...

« Je jure que je n'ai pas donné de coup de couteau, que je n'ai pas tué... »

Bien entendu, Dickson était sous clef. Les avis, à son sujet, étaient partagés. Son bateau était reparti.

Nous vîmes l'homme dans sa cellule, mais il ne répondit même pas à nos questions, car il était très abattu. Il avait fini par sombrer dans une sorte d'abrutissement farouche et par garder un silence absolu, même dans le cabinet du juge où il fallait littéralement le traîner.

Comme il arrive toujours en pareil cas, on avait cherché toutes les solutions possibles au mystère.

C'est ainsi qu'on avait découvert que Simon Cohen, en dépit de ses allures paisibles et effacées, avait une maîtresse, une veuve d'une quarantaine d'années, qui avait une petite pension, si bien que le Juif se contentait de lui donner mensuellement une somme infime.

Elle habitait à côté des locaux du quai de la Mégisserie, mais elle ne mettait jamais les pieds dans les magasins, son amant le lui ayant formellement interdit.

C'est lui qui allait la voir, parfois, à la

tombée du jour, si discrètement que c'est à peine si deux ou trois voisins avaient remarqué son manège.

La femme était sans grâce. Ce qu'on appelle une forte femme. Elle le prit de haut, cria qu'elle était honnête et que, du moment qu'elle était libre, elle n'était disposée à rendre des comptes à personne.

Elle finit pourtant par répondre au juge que le soir du crime elle n'avait pas vu Simon et que, en revenant du cinéma, elle avait été étonnée de voir la porte du hangar ouverte.

Mais elle n'était pas rentrée et elle était allée se coucher aussitôt.

« Il arrivait à votre amant de laisser la porte ouverte, le soir ?

— Quelquefois. Il avait des clients qui venaient très tard... Parfois on apportait de la marchandises au beau milieu de la nuit... »

Les Cohen, bien entendu, qui étaient au nombre de trois, avaient été questionnés eux aussi. Ils avaient tous trois entre trente et quarante ans, mais, contrairement à Simon, ils ne parlaient le français qu'avec un accent très prononcé.

« Simon a quitté notre village le premier, avec l'argent que nous avions réuni pour le voyage… Il était convenu que, dès qu'il aurait gagné assez pour payer notre billet de chemin de fer, il nous ferait signe… C'est arrivé un an plus tard… Nous sommes associés…

— Mais le soir du crime, où étiez-vous ? »

Les trois cousins habitaient une même maison. Deux d'entre eux étaient mariés. L'un avait trois enfants. C'était une tribu dont tous les membres vinrent témoigner dans un même sens.

La tribu au complet avait passé la soirée à écouter un concert par T.S.F.

Les quotidiens avaient reproduit la photographie du couteau retrouvé dans le corps de Simon.

Or, alors que nous étions à Dunkerque, une lettre arriva de Folkestone, écrite en mauvais français, sur du papier d'épicerie.

Elle émanait d'un marin anglais qui accusait un nègre, travaillant comme chauffeur à bord de l'*Aquitan,* d'avoir commis le crime et qui affirmait que le couteau n'était autre que le couteau de ce nègre.

On télégraphia à la police anglaise. Trois heures plus tard, on apprenait que le nègre en question, un Martiniquais du nom de Sébastien Cottet, s'était engagé comme soutier à bord du *Hollandia,* qui était depuis deux jours en route pour Sydney.

« Ce que je voudrais, dit alors G. 7, à la grande stupeur du juge d'instruction qui en sursauta, c'est voir l'écriture des trois Cohen.

— Mais ils ne savent ni lire, ni écrire ! »

***

« J'en étais à peu près certain, car les rares livres que tenait Simon ne contiennent pas une ligne, pas une note d'une autre écriture que la sienne. Mais passons aux hypothèses :

« 1° Ce pauvre Dickson, qui n'avait aucune raison, n'est-ce pas ? de tuer un homme déjà assommé. Hein ? Le désir de supprimer un témoin... Mais alors il eût emporté son sextant, qui suffisait à l'accuser... Dickson a agi comme un fou, c'est-à-dire comme un honnête homme qui commet une vilaine action pour la première fois de sa vie.

« 2° La maîtresse de Simon ? Elle pouvait être entrée en revenant du cinéma, et en voyant la porte ouverte... Mais pourquoi eût-elle tué ? Il ne restait rien à voler dans la coffre...

168

« Ne parlons pas du nègre. L'auteur de la lettre anonyme est certainement de bonne foi et il n'a pensé qu'à sauver son ami Dickson. Le couteau est sans doute, en effet, le couteau de Cottet... Mais il y a bien des chances pour que ce dernier l'ait vendu à Cohen afin de boire un coup de plus.

« Pourquoi le nègre eût-il tué ?

« Pourquoi ? C'est la question que j'ai posée pour chacun. Posons-la maintenant pour les trois Cohen *qui ne savent pas lire, qui sont de simples paysans ayant misé sur un des leurs un peu plus intelligent.*

« Ils se sont associés pour l'envoyer faire fortune en France. Ils sont venus le rejoindre, ils l'ont aidé.

« Mais ils ne savent ni lire, ni écrire ! Autrement dit, leur cousin Simon peut se moquer d'eux, si cela lui plaît ?

« Ces voleurs ne sont-ils pas volés par un des leurs ?

« Le soir du crime, les trois hommes arrivent... Ils trouvent Simon assommé, le coffre vide.

« Leur cousin revient à lui, leur explique ce qui s'est passé... *Ils ne le croient pas...*

« Cela ne ressemble-t-il pas à une mise en scène ? N'est-ce pas un bon moyen de frustrer l'association d'une forte somme d'un seul coup ?

« Les trois illettrés rongés par le doute, aigris par des mois et des années de soupçons, s'interrogent du regard.

« Un couteau de marin traîne... L'un d'eux frappe...

« Il ne reste plus qu'à aller faire la leçon, au sujet de l'alibi, aux femmes et aux enfants... »

A la Cour d'Assises même, on n'a pu déterminer au juste celui des trois qui a frappé. Si bien que c'est en bloc qu'on les a condamnés.

13

L'INCONNUE D'ETRETAT

LE type par excellence de l'affaire reten-
tissante, susceptible de transformer en un
clin d'œil tous les reporters en autant de
détectives amateurs, de fournir des colonnes
de descriptions « genre littéraire » et de
déductions subtiles.

Ce fut moins une que cent autos arrivas-
sent sur les lieux avec photographes, appa-
reils de cinéma. Mieux encore : l'Angleterre
eût donné, et Dieu sait si elle est plus riche
que n'importe quel autre pays du monde en
policiers bénévoles.

Car la découverte du crime eut lieu à deux
pas d'Etretat qui, avec Le Touquet, constitue l'été une sorte de fief anglais de ce côté
du chenal. Le mois de septembre était
splendide. Les hôtels étaient bondés.

Mais le hasard, pour une fois, fit bien les

choses. Le corps, qui eût pu être trouvé par un promeneur ou par le premier paysan venu, fut aperçu par un gendarme qui, par miracle, s'en revenait de Bénouville en longeant le sentier de la falaise.

Bénouville est un village de trois cents âmes, à deux kilomètres et demi d'Etretat. Il est perché tout au-dessus de la falaise qui, à cet endroit, atteint une centaine de mètres de hauteur et au bord extrême de laquelle les vaches viennent brouter.

Le long de cette falaise court un étroit chemin qui, arrivé au-dessus d'Etretat, dévale soudain en pente raide, contourne la « chapelle des marins », plantée à même le rocher, et débouche entre deux hôtels de luxe.

C'est à un kilomètre à peine de Bénouville que le gendarme, un certain Liberge, récemment promu, aperçut quelque chose de clair dans les hautes herbes. L'instant d'après, il pouvait contempler les restes d'une femme qui avait dû être jeune, riche, jolie, mais qui n'offrait plus qu'un spectacle affreux.

C'était le crime ignoble : le dépeçage. On ne retrouvait que des lambeaux de vêtements : un pull-over de soie, une combinaison et quelques bouts de tissu très fin.

172

Le gendarme était seul. Il sortait de l'école et il avait sa théorie toute fraîche à la mémoire. Il ne toucha à rien. Il courut coudes au corps jusqu'à Etretat.

Le hasard continua à faire bien les choses. Le brigadier, au lieu de se montrer trop zélé, téléphona aussitôt à Paris.

Cinq heures plus tard, nous étions là. Les gens se baignaient sans se douter de la découverte faite le matin même. D'autres grimpaient le long de la falaise, mais, selon l'habitude des promeneurs, ne poussaient pas plus loin que la chapelle.

En soixante minutes, toutes les constatations possibles furent faites, les photos prises, ainsi que des mensurations de toutes sortes.

Le soir, le corps était à la morgue, et les journaux qui paraissaient n'en soufflaient pas un mot.

G. 7 avait son idée. Le lendemain, en effet, l'annonce suivante passait dans les quotidiens les plus lus de la région et était affichée au Casino :

« Trouvé, sur la grand-route d'Etretat à Bénouville, une bague avec diamant rose. S'adresser, M. Henry, hôtel Meurice, tous les jours, de 18 à 19 heures. »

Ce n'était pas une invention. La bague existait réellement. G. 7 l'avait retirée du doigt même de la victime qui, par ailleurs, avait été soigneusement dépouillée de tout ce qui eût pu servir à établir son identité.

Mais y a-t-il un seul exemple d'assassin, en pareil cas, ne commettant pas un oubli quelconque ? Celui-ci avait oublié la bague, ou l'avait négligée.

G. 7 avait soin, dans son annonce, de ne pas parler du sentier de la falaise, mais de la grand-route qui gagne Bénouville par l'intérieur des terres et qui conduit à Fécamp.

« Vous avez de l'espoir ? » questionnai-je le premier soir, tandis que nous attendions dans notre chambre d'hôtel d'où nous dominions la plage de galets.

Il esquissa un geste vague. Il fuma. Une heure plus tard, il remarqua :

« Sept heures ! Fini pour aujourd'hui... »

Une enquête discrète avait été menée d'autre part. On s'était assuré qu'une voyageuse descendue dans un des hôtels de la ville n'avait pas disparu d'une façon mystérieuse. On avait averti la police du Havre, de Fécamp, de Rouen, de Dieppe, de Saint-Valéry.

Aucune plainte ! Aucune nouvelle !

174

Les médecins avaient terminé leur tâche. La victime devait avoir une trentaine d'années. La mort était due à la strangulation. Enfin, le sinistre dépeçage avait été fait par une main qui ne tremblait pas.

Le lendemain, à six heures de l'après-midi, nous étions à nouveau à notre poste, c'est-à-dire dans la chambre de G. 7, où quelques précautions avaient été prises.

Un revolver était dissimulé à portée de la main de mon ami. J'étais installé de telle sorte que je n'avais qu'un geste à faire pour fermer la porte à clef. Enfin, j'avais à ma disposition des menottes toutes prêtes pour le cas de résistance.

En bas, dans la grande salle, des gens prenaient le thé et dansaient. Nous entendions en même temps l'orchestre du casino dont les sons se mêlaient d'étrange manière à ceux de l'orchestre de l'hôtel.

Enfin, le bruit des galets remués par une mer assez forte...

« En somme, il n'y a pas une chance sur dix... » soupirai-je soudain en regardant G. 7 qui n'était pas sans laisser percer quelque nervosité.

Il allait répondre quelque chose, mais je ne sus jamais quoi, car on frappa à la porte. Je sentis un choc dans ma poitrine. Je me tournai vers la porte. Cet instant fut vraiment émouvant. Je pensais que l'homme qui, selon l'expression consacrée, avait coupé une femme en morceaux, allait apparaître brusquement, dans cette pièce même, à portée de notre main, qu'il allait parler sans se douter que nous savions.

J'essayais machinalement d'imaginer son aspect, ses attitudes, le son de sa voix.

« Entrez !... »

En se levant, G. 7 me poussa un magazine dans les mains. Il fit quelques pas vers la porte, s'inclina. Je regardais ailleurs, grâce à un puissant effort de volonté.

« Entrez, mademoiselle... Je suppose que vous venez à la suite de l'annonce ?... »

Je me tournai d'une seule pièce, j'aperçus une jeune fille qui n'avait pas vingt-deux ans, jolie, pétillante, pareille dans sa tenue à toutes celles qui dansaient en ce moment même en dessous de nous.

« J'ai lu l'annonce, oui !... dit-elle avec un fort accent anglais. J'étais à Calais et j'allais embarquer pour l'Angleterre... Mes vacances sont finies et je ne comptais pas revenir si tôt à Etretat... Mais cette bague est un souvenir de ma mère...

— Veuillez m'excuser, miss, si je vous en demande quelques mots de description...

176

Vous comprendrez que c'est la coutume et que, si j'agis de la sorte, c'est uniquement pour être en règle...

— La bague est en platine. Douze griffes maintiennent le diamant qui pèse... »

J'avais eu un espoir. J'avais pensé à une erreur. Mais aucun doute n'était plus possible.

« Très bien ! Ce n'est pas la peine de continuer. Je vais vous remettre immédiatement le bijou... »

Et G. 7 se dirigea vers un meuble. Je regardais toujours la jeune Anglaise, et tout ce que je puis en dire, c'est qu'elle ressemblait à toutes les Anglaises de bonne famille que l'on rencontre l'été sur les plages. Rien de caractéristique. Pas le plus petit détail capable d'accrocher le regard.

G. 7 avait le bijou à la main.

« Il me reste une dernière formalité à accomplir. Voici un bout de papier, un stylo. Veuillez rédiger deux lignes de reçu, avec votre nom et votre adresse... »

Elle ne se troubla pas. Elle écrivit :

« Je soussignée, Betty Tomson, London, 18 Regent Str... »

Et G. 7 lui dicta le reste sans qu'elle tressaillît une seule fois. Après quoi elle hésita un peu, enfouit la bague dans son sac à main, tira de celui-ci un mince portefeuille en lézard.

« Excusez-moi… dit-elle avec embarras. Mais vous avez fait des frais… Mais oui ! L'annonce… Il est juste que… »

Elle chiffonnait un billet de dix livres sterling.

« Attendez ! » dit l'inspecteur en pressant sur un timbre.

Le garçon d'étage se présenta. Mon ami lui tendit le banknote.

« Trop heureux de vous avoir rendu service, mademoiselle… »

Elle était sur le seuil. Elle n'avait plus qu'à prendre congé. G. 7 restait debout au milieu de la pièce. Il y eut quelques instants de silence et d'embarras.

« Vous retournez à Londres ? consentit enfin à murmurer l'inspecteur.

— A Londres, oui…

— Vous voudriez être assez aimable pour présenter mes respects à Mme Hawkins ?

— Mme Hawkins ?…

— Mais oui ! Qui habite le même immeuble que vous ! 18, Regent Street… Vous devez la connaître…

— Certainement… Certainement…

— Une charmante personne, n'est-ce pas ?

— Charmante oui... Mais vous permettez?... Il va être l'heure de mon train... »

Je ne savais rien de ce qui allait se passer. J'attendais, horriblement mal à l'aise.

« C'est monsieur votre père qui vous attend au coin de la rue?

— Heu... c'est... c'est-à-dire que c'est mon chauffeur.

— Vous êtes venue en voiture?

— Oui, en voiture... Au revoir, messieurs... »

Elle sortit vivement, à reculons. Je m'attendais à voir G. 7 se précipiter sur ses traces, mais il courut au contraire à la fenêtre. La jeune fille ne tarda pas à pénétrer dans une voiture où l'attendait un vieillard à l'allure respectable.

« Nous ne les poursuivons pas?

— Regardez.

— Oui! Ils filent! Je le vois...

— Regardez à gauche...

— Le jeune homme avec sa raquette?

— Non! Cet homme en culotte de golf...

— Qui est-ce?

— Je n'en sais rien! Et peu importe pour l'instant... Faites-moi le plaisir d'arrêter une voiture de louage... Il y en a sur la place. Précipitez-vous sur les traces de l'auto...

— Je ne la rattraperai pas...

179

— Peu importe... »

Je dus aller jusqu'à Calais où je retrouvai la voiture. Mais le vieux gentleman y était seul. Aucune trace de l'Anglaise.

L'homme était grand, blanc de cheveux, avec un visage glabre et froid. Il prit un billet de traversée pour Douvres et j'allais le suivre quand, au bureau de la Compagnie, on me remit un télégramme de G. 7.

« Revenez immédiatement Etretat. »

Je ne comprenais plus rien. Jamais, au cours d'une enquête, je n'avais perdu à ce point le fil de l'histoire.

Je n'arrivai à Etretat qu'au petit jour. G. 7 dormait. A peine réveillé, il me désigna un bout de papier posé sur ma table de nuit.

« Les renseignements que j'ai obtenus ici sur l'homme que vous avez suivi... », me dit-il.

Et je lus :

Sir Herbert Howard, cinquante-cinq ans, ancien membre de la Chambre des Communes. A épousé voilà un an une danseuse américaine âgée de trente ans, se faisant appeler Dorothy Bird, mais dont les origines sont plus que douteuses. A renoncé à cause de ce mariage au monde et à la politique. Se trouve à Etretat avec sa femme, hôtel Majestic, depuis trois semaines.

« Alors ? questionnai-je.

— Alors, rien ! Je me contente d'éclairer votre lanterne...

— Vous trouvez que ça éclaire quelque chose, vous ?

— Heu !... Cela dépend... Dites donc ! Vous n'avez pas eu l'impression que vous étiez suivi, cette nuit ?

— Je n'ai rien remarqué...

— Regardez par la fenêtre... La plage doit être déserte, n'est-ce pas ?

— Il y a un groupe de pêcheurs, près des barques...

— C'est tout ?

— Pardon ! Quelqu'un fait les cent pas sous nos fenêtres... »

G. 7 s'étira paresseusement, tendit la main vers son étui à cigarettes, et soupira :

« Alors, tout va bien... »

* * *

« Un premier point que je suppose que vous avez acquis en même temps que moi, commença G. 7, c'est que notre jeune Anglaise ne savait rien. Elle ne savait rien et pourtant elle mentait, jouait un rôle... Autrement dit, elle était envoyée par quelqu'un qui lui avait demandé de jouer ce rôle, sans doute moyennant rétribution...

« L'histoire de Mme Hawkins, qui n'existe que dans mon imagination, m'a éclairé...

« Restait à savoir si notre jeune fille était envoyée par l'assassin ou une autre personne...

« L'auto à la porte, avec un gentleman attendant dans celle-ci, m'a donné à penser qu'il ne s'agissait pas de l'assassin, car un homme jouant sa tête eût été, sans doute, plus prudent.

« D'autre part, j'apercevais un autre quidam, en culotte de golf, qui allait et venait en ayant soin de se mêler autant que possible à la foule...

« Autrement dit, notre jeune fille et son compagnon étaient surveillés...

« Je vous ai envoyé à Calais. Vous avez fait figure de policier. Je voulais savoir si l'homme en culotte de golf vous suivrait.

« Il s'en est bien gardé. Par contre, il n'a cessé d'errer aux alentours de l'hôtel...

« Celui-là nous a repérés depuis notre arrivée.

« Il savait que nous étions deux... Vous commencez à comprendre ?

« J'avais le numéro de la voiture. La police anglaise est bien faite. En quelques minutes Scotland Yard me donnait les renseignements utiles sur Sir Howard.

« Le reste n'est plus qu'un enchaînement de déductions, mais de déductions que nous ne tarderons pas à vérifier : Dorothy Bird arrivant en Angleterre, en compagnie de son amant, un aventurier américain quelconque. Elle fait connaissance de Sir Howard. Il l'épouse.

« C'est la fortune ! La belle vie ! Seulement, le compagnon des mauvais jours fait chanter sa complice...

« Peut-être même fait-il chanter de même Sir Howard ?... C'est probable. Etudiez les méthodes de ces gentlemen américains...

« Dorothy voudrait en être quitte. Elle voudrait être une grande dame pour de bon. Elle le signifie à son ancien amant.

« Au cours d'une discussion, celui-ci la tue, s'en débarrasse en jetant le corps dépecé dans les hautes herbes de la falaise.

« Howard ne voit pas revenir sa femme. Il se doute qu'un drame a eu lieu. Mais, il ne s'est déjà que trop compromis par cette mésalliance. Il se propose de regagner seul l'Angleterre...

« Notre annonce, à Calais, lui tombe sous les yeux. Il craint que la bague serve à identifier sa femme. Il appréhende le scandale...

« Il n'ose pas venir lui-même et il s'adresse à une girl quelconque qu'il rencontre au bateau.

« Voulez-vous me faire le plaisir d'ouvrir la fenêtre et de donner un coup de sifflet ?... Seulement, attention ! L'homme en vous voyant revenir, au lieu de suivre la piste Howard, doit se douter que vous avez deviné... »

J'ouvris la fenêtre. Je sifflai. Je vis deux formes bondir derrière le personnage en culotte de golf et je compris que c'étaient des agents de G. 7.

Mais en même temps, un coup de feu retentissait. Une balle sifflait à mon oreille. Tellement à mon oreille, qu'elle en emporta une parcelle !

Une heure plus tard, après un passage à tabac auquel, je l'avoue, je pris, tout en étreignant mon oreille saignante, un plaisir extrême, l'homme avouait enfin.

Mais la justice française, qui n'avait qu'un crime à lui reprocher, s'en dessaisit au profit de la justice américaine, qui doit être occupée, à l'heure qu'il est, à lui demander compte d'une douzaine d'assassinats, pour le moins.

TABLE

OUVRAGES DE GEORGES SIMENON

AUX PRESSES DE LA CITÉ

COLLECTION MAIGRET

ROMANS

MÉMOIRES

OUVRAGES DE GEORGES SIMENON

AUX PRESSES DE LA CITÉ (suite)

« TRIO »

I — La neige était sale — Le destin des Malou — Au bout du rouleau

II — Trois chambres à Manhattan — Lettre à mon juge — Tante Jeanne

III — Une vie comme neuve — Le temps d'Anaïs — La fuite de Monsieur Monde

IV. — Un nouveau dans la ville — Le passager clandestin — La fenêtre des Rouet

V. — Pedigree

VI. — Marie qui louche — Les fantômes du chapelier — Les quatre jours du pauvre homme

VII. — Les frères Rico — La jument perdue — Le fond de la bouteille

VIII. — L'enterrement de M Bouvet — Le grand Bob — Antoine et Julie

PRESSES POCKET

Monsieur Gallet, décédé
Le pendu de Saint-Pholien
Le charretier de la Providence
Le chien jaune
Pietr-le-Letton
La nuit du carrefour
Un crime en Hollande
Au rendez-vous des Terre-Neuvas
La tête d'un homme

La danseuse du gai moulin
Le relais d'Alsace
La guinguette à deux sous
L'ombre chinoise
Chez les Flamands
L'affaire Saint-Fiacre
Maigret
Le fou de Bergerac
Le port des brumes
Le passager du « Polarlys »
Liberty Bar

Les 13 coupables
Les 13 énigmes
Les 13 mystères
Les fiançailles de M. Hire
Le coup de lune
La maison du canal
L'écluse n° 1
Les gens d'en face
L'âne rouge
Le haut mal
L'homme de Londres

A LA N.R.F.

Les Pitard
L'homme qui regardait passer les trains
Le bourgmestre de Furnes
Le petit docteur
Maigret revient

La vérité sur Bébé Donge
Les dossiers de l'Agence O
Le bateau d'Émile
Signé Picpus

Les nouvelles enquêtes de Maigret
Les sept minutes
Le cercle des Mahé
Le bilan Malétras

ÉDITION COLLECTIVE SOUS COUVERTURE VERTE

I. — La veuve Couderc — Les demoiselles de Concarneau — Le coup de vague — Le fils Cardinaud

II. — L'Outlaw — Cour d'assises — Il pleut, bergère... — Bergelon

III. — Les clients d'Avrenos — Quartier nègre — 45° à l'ombre

IV. — Le voyageur de la Toussaint — L'assassin — Malempin

V — Long cours — L'évadé

VI. — Chez Krull — Le suspect — Faubourg

VII. — L'aîné des Ferchaux — Les trois crimes de mes amis

VIII. — Le blanc à lunettes — La maison des sept jeunes filles — Oncle Charles s'est enfermé

IX. — Ceux de la soif — Le cheval blanc — Les inconnus dans la maison

X. — Les noces de Poitiers — Le rapport du gendarme G. 7

XI. — Chemin sans issue — Les rescapés du « Télémaque » — Touristes de bananes

XII. — Les sœurs Lacroix — La mauvaise étoile — Les suicidés

XIII. — Le locataire — Monsieur La Souris — La Marie du port

XIV. — Le testament Donadieu — Le châle de Marie Dudon — Le clan des Ostendais

SÉRIE POURPRE

Le voyageur de la Toussaint   La maison du canal   La Marie du port

Achevé d'imprimer le 7 novembre 1980
sur les presses de l'Imprimerie Bussière
à Saint-Amand (Cher)

Presses Pocket
8 rue Garancière
75006 Paris
tél. 329 12 80

— N° d'édit. 1323. — N° d'imp. 1959. —
Dépôt légal : 2ᵉ trimestre 1978.
Imprimé en France